美幸

鈴木おさむ

角川文庫
19706

鈴木おさむ
美幸
MIYUKI

目次

1 顔晴《がんばる》

美幸《みゆき》は椅子に座り、許可された筆ペンの蓋《ふた》を外した。ペンの腹部をギュッと指で潰《つぶ》すと筆の奥から押し出された黒く艶《つや》のある墨が筆を染めていく。

美幸は筆先をそっと真っ白な紙の上に置き、書き始めた。なぜ、自分がこんなことをしたのか、全てを。

美幸／手紙

ゾウガメの中には１５０年以上は生きるものもいるという話を聞き、羨《うらや》ましいと思う人がどれだけいるのでしょうか？　そんなに長生き出来る理由は、エネルギーの代謝が少ないからだそうです。動きも少なく生きていくためのエネルギーが少なくてすむ。だから長生き出来る。

私も長生きしてやろうと思ってました。なるべく目立たず地味にエネルギーを使わずに生きてやろう。そして長く生きて、私より先に死んでいった人たちをあざ笑ってやろうと。ゾウガメの生き方推進派だったわけです。だけど、そんな私は変わりました。あなたと出会ってから。

エネルギーをなるべく使わずに生きる人生なんてつまらない。

あなたと出会って、誰かの為に私の力の120%を使って生きたい。燃え尽きたい。この気持ちをなんて言うんだろう？　今、わかります。これを愛と言うのでしょうか。

愛の字源って知ってますか⁇　愛ってこっそり人を好きになることが字源だそうです。だとするならば、私のあなたへの愛は……字源通りかもしれませんね。

雄星／取調室

高校時代？　サッカー部のキャプテンでした。ですね、自分で言うのもなんですけど、モテましたよ。田舎ですけどね。え？　そんなことまで聞くんですか？　あぁ、色々聞くんですね。

え？　絶対、俺、被害者ですよね？……ですよね？

はい。東京出てきて、高校の時の仲間とバンドやってました。バンド名？　YOU★STAR。俺、雄星《ゆうせい》って名前でしょ？　「ゆう」は「雄」って字だけど、それを「Y」「O」「U」のYOUに変えて星をスター。はい。俺の名前をバンド名にしたんすよ。

だって俺ボーカルだし、田舎にいたころから俺目当ての客ばっかだったし。売れるつもり？　もちろんでしょ。でも、東京って競争相手多すぎでしょ？　田舎だと100人くらいはすぐ入ったのにね。すぐに厳しさ知りましたよ。ぶっちゃけ、無理かなって思いもあったし。

はい、そうっす。渋谷《しぶや》で声かけられて、メンズアップルって言う雑誌の読モにならないかって声かけられて。その頃は、プリンスって小さい事務所。まあ、GSカンパニーもそんなに変わらないけど。

七海《ななみ》、七海新《しん》とはプリンスで読モやってた頃からの知り合い。

俺と新でぶっちぎりだったね。バンドで全然うまくいかなかったのに、読モでこんなに人気出るなんて思ってなかったし。だって、原宿《はらじゅく》のイベント2千人来たんすよ。警察も出てきちゃって。

あの時は思ったよ。俺、何やっても成功すんなって。

バンド？　すぐ解散。だってプリンスの社長から言われたから。昔の友達は切れって。歌やりたいなら、うちの事務所でソロでやれって。仕方ないっしょ。冷たいとか言われたって結局は自分の人生だし。歌も出したよ。雄星の名前で3枚シングル切ったかな。最初はちょっと売れたけど、2枚目からはぶっちゃけあんまだったかな。

メンズのモデルも入れ替わり早いのよ。だからさ、本格的に役者の世界でやってみたいなって。そん時に、七海新と一緒に入ったのがGSカンパニー。

村上《むらかみ》さん？　あぁ、うちらのマネージャーだったよ。あの時は社長に言われてたのもあって、まあ、俺のこと、宝みたいに扱ってたけどね。

俺より5個くらい年上じゃないかな。あの人もね、元役者なんだよ。劇団上がり。ほら、目つりあがって腹も出ちゃっておもしろい顔してるでしょ？　劇団ではコメディーメーカーだったらしいけど、まあ、そんな役者沢山いるからすぐに諦《あきら》めて、事務所でマネージャー業務やることになったんだって。

役者始めて、俺と七海新にはかなり金かけてくれたよね。バーターのドラマも結構入れてくれたし。劇団の仕事も入れてくれたし。あそこでは結構しごかれたよね。

俺さ、私立探偵濱《はま》マイクってドラマ好きでさ。ああいうドラマに出ることが夢だったんだよね。

夢だったって言うとよくねえか。いまも夢だよ。

え？　役者の夢？　諦めたわけじゃねえよ。とりあえず金のため。分かるでしょ？　とりあえずの生活費を稼ぐため。

だから我慢してやってんの。

これからは自分の為にもっと生きようと思ってる。

え⁇　五味《ごみ》美幸のこと⁇　なんで彼女があんなことをしたか？　知らない。っていうか知りたくもねえんだけど。

彼女から？　聞いてねえよ。

七海からも聞いてない。

っていうか聞いたところで何も変わらないでしょ！

マジのマジで許せないんですけど……あの糞女《くそおんな》！

美幸／手紙

いきなりの手紙お許しください。五味美幸です。

雄星さん。あなたとは同じ会社で働きながら、一度もコミュニケーションを取ったこともなく、とはいっても、うちの会社のどの人間ともコミュニケーションを取ろうとも思ったこともないのですが、そんな私が、雄星さんに大きな迷惑をかけてしまったことをお詫《わ》びします。

当然許されるなんて思っていません。

私のことなんて知りたくもないかもしれませんが、なにか書かねばいられず、勝手ながら長文にて、お手紙を書かせていただくことになりました。これには雄星さんの知らない真実も書かせていただくことにしました。それが雄星さんのためだと思って。

まず、なぜあのような行動を起こしたのか？ 私がこれまでどのような人生を送って来たのか書かせていただく必要があります。興味はないかと思いますが、私のつまらない人生から聞いていただいてもいいでしょうか⁇

読んでいただいたあとは、この手紙、捨ててもよし、燃やしてもよし、ヤギに食わせてもよし、あ～、なんか私ってユーモアセンスないな。すいません。

私の人生がまず大きく変わったのは中学3年の4月でした。

勉強も運動もそこそこ、顔だってご存じの通り、美しくはありません。そんな私にあったものと言えば、書道と好奇心。書道って微妙ですよね？ 書道で段を取っても所詮《しょせん》、字がうまいだけだろ的な。だから私も学校の書道大会で賞をもらったことはあるものの、字がうまいだけでは学校ではさほどスポットがあたりません。そうです、たかが字ですから。運動神経がいい人や絵がうまい人は教師から大きく褒められる対象になるのに。

別に暗い性格だったわけでもありませんが、平均点55点ほどの女というか、そんな感じです。正直、このまま平均点55点で生きていけばよかったのに、やはり人間80点出したがるんですよね。そんな私の目に入ったのが、学校の掲示板に貼ってあった、毎朝《まいあさ》新聞社が開催する書道コンテスト。自分の好きな二文字を書道で書いて送るコンテストでした。参加資格は小学生から中学生まで。

実は私にはひそかな趣味がありました。文字日記という日記。気になった言葉や好きになった言葉をノートに書きためる。

雑誌や新聞を見て、好きになった文字をピックアップしたり、当て字の名前を見てはノートに書いたりしてたんです。

言葉が好きって言うかね、私にとっては、文字のフォルムが大事。二文字並んだときの格好良さというか。「愛情」なんて文字、美しいなって思えました。図書館の字源辞典で調べたりしました。特に「愛」。この「愛」の下の部分は、すり足でそっと歩くことを意味する。言われてみたらそう見える。すり足でこっそり歩いて心を届ける。なんて素敵な文字なんだろうと思えました。

「激しい」の「激」って文字も格好良いと思えました。水が岩などに当たってしぶきをあげることを表現している。「感激」なんて文字は、感情がしぶきをあげてぶつかってることなんだなって思うと文字に惚《ほ》れました。

逆に「自由」なんて文字は好きじゃなかった。こんな「自由」じゃない文字はありません。意味よりも、この文字自体、「自由」ってフォルムが檻《おり》の中に閉じ込められている感じがして。14歳の私にとっては大人が読む雑誌をちょっと開けば気になる言葉も沢山出ていました。当時の私に意味は分からなくても、その文字の形にひかれてピックアップした言葉が沢山ありました。

「愛憎」なんて言葉は一瞬にしてひかれました。二つの文字が磁石のS極とN極のように、反発しながら居心地悪くいる感じがたまらなかった。

お母さんが読んでいた健康雑誌で「快便」って文字を見た時にもひかれたんです。なんだろう。汚らしさと文字のすがすがしさ。

不思議と文字って意味が分からなくても、その文字自体がメッセージを出すの。「汚物」って文字を知った時に、なんか見ているだけで気持ち悪さがこみ上げてきた。

ある日ね、コンビニの本棚で見つけた下世話な雑誌。中年のおじさんが読むような本を開くとね、そこには意味が分からなくても私を魅了する文字が沢山載っていたんです。そんな雑誌を買って、親にバレないように、気になる言葉をチェックして文字日記に写していく。

辞書で簡単に意味は調べない。想像するの。どんな意味なんだろう。

不倫

絶頂
肉芽
なんて文字は意味を知らなくてもゾクゾクさせてくれました。
綺麗《きれい》なお尻《しり》のことをね、「白桃《はくとう》」と表現している記事を読んでからは、普通の文字も淫靡《いんび》に感じ始めました。
吸盤
朝顔
大福
花咲蟹《はなさきがに》
液状化
なんだか淫靡さを感じて体の芯《しん》が熱くなる気がしてました。あ、「淫靡」っていう文字自体も、様々な欲をよくぞこの中に収めたなって思えるような文字。
コンビニ雑誌の中で、一番ひかれた文字はね、「巨根」。それを初めて見たとき。その力強さにひかれて何回もノートに書いた。中学生の私は大地に根が深く張っている大きな木のようなものを想像していました。屋久島《やくしま》の縄文杉《じょうもんすぎ》のような。
新聞や雑誌で見た文字をピックアップするだけじゃなくて、自分で造語を作って文字日記に書くのも好きになりました。

り。
「快い」「話」だから「快話」。会話じゃなく快話。
「福」を「集めて」、「福集」。復讐《ふくしゅう》とは全然違う意味になる。
「喜び」を「望む」から「喜望」。希望よりも、「喜望」のほうがいいじゃんと思った
造語で一番最初に思いついたのは「楽」に「笑」と書いて「楽笑」。
それを思いついたときは、自分の人生もこんな風にいったらいいなって。「楽しく
笑える人生で楽笑」。
学校の壁に貼ってあったコンテストの募集告知を見たとき、なんか後頭部のあたり
がザワザワしました。今思うとアドレナリンがでてるってことなんだろうけど、当時
はそんなことわからないし。そこに呼ばれている気がしました。
家に帰り、その日、私はご飯も食べずに部屋にこもり、文字日記のノートを見て、
探しました。このコンテストに書くべき文字を。そして決めました。
私が作った一つの言葉。「がんばる」。「頑張る」じゃなくて「顔が晴れる」と書い
て「顔晴《がんば》る」。

2 楽笑《らくしょう》

被告人席に座る美幸の目をじっと見つめた矢島《やじま》は、息を吐き、気持ちを固めた。

五味美幸の犯した罪をどこまで軽くすることができるのか？

この裁判所にいる全員を美幸の気持ちに共感させなければならない。その為には五味美幸の人生が変わり始めた中学生からの人生を語らなければならない。

矢島弁護士は弁護を始めた。

矢島弁護士／法廷

毎朝新聞書道コンテスト、中学生の部、優勝。その連絡が学校から家に来た時に、五味美幸の父と母は赤飯を炊き、親戚《しんせき》を呼び、パーティーを開いた。

正直、被告の父と母はこの時点で被告にあまり期待している親ではありませんでしたが、この毎朝新聞のコンテストから変わりました。被告の人生を狂わせていきました。

被告がこの時、優勝した理由の一つは、文字の綺麗さもあったのかもしれませんが、それ以上に、文字のチョイス。ほかの中学生は普通の文字ばかり。

美幸／手紙

総数5800通の中に、「感謝」と書いた中学生が500人以上いたとは驚きました。小難しく個性も出しやすく、しかも前向きな言葉であるためにチョイスしやすかったのですが、「感謝」という文字を選んだ瞬間に、この言葉に感謝できない結果になるという事実になぜ気づかなかったんでしょうか？

そもそも、感謝って文字がセンスがないと思うんですよね。「ありがとう」を伝える文字のくせに「謝る」という最高にネガティブな文字が入ってる。これだったら喜びを感じるから「感嬉《かんき》」とか嬉《うれ》しさを感じるから「感嬉」とか、もっと重い感じにしたいなら、生きてる喜びを感じるから「感生」。「かんせい」って読んでくださいね。ほら、こっちの方がいいですよね？

ごめんなさい、寄り道が過ぎますね。

私が書いた「顔晴《がんばる》」、思った以上に評価を得ることが出来ました。この時はそれが55点の人生をさらに減点させることになるとは思ってなかったんですけどね。

矢島弁護士／法廷

被告が書いた、「顔が晴れる」と書いて「顔晴」という言葉のチョイスを大人達は褒《たた》め称えました。

中学生が創作した言葉を送り賞を取ったということで、マスコミも被告を取り上げました。民放局の夕方のニュースは、「天才書道少女現る」とキャッチを打ち、大きな特集を組みました。体育館に全校生徒を集めて、被告が書道をするというところを撮影。

被告はカメラの前で堂々と書き上げました。「顔晴」。テレビカメラの前で堂々と書き上げる被告の姿に校長先生も胸を張って大きな拍手。レポーターとしてやってきた女子アナは、その書道を見て「ここまで前向きになれる書道を初めてみました」と涙しました。

被告にとっての人生最大の成功とも言えるこのことが、徐々に影を落としていきます。

美幸／手紙

今にして思えば、それがその女子アナの嘘涙であることなんかに気付かない私は、自分の書道にはそれほどの力があるのだと勘違いしてました。私は「顔晴」に続いて、ほかに何枚か書いてほしいと頼まれ、カメラの前で書きました。

私が「勇気」と書こうとすると、カメラ横にいたディレクターさんから、「ちょっと普通すぎるかな」と注意が入りました。なので、私は自分の文字日記に書き留めていた言葉を思い出しました。その頃、私が一番気になっていた言葉。そうです。「巨根」。それを書き始めたときに、見ていた女子アナは顔を赤らめ、ディレクターさんが再び入ってきて「この言葉の意味、分かってる?」と険しい顔で言われました。「巨根」と書いたときはまだ、その書を生徒に見せる前だったのでギリギリセーフ。ディレクターさんが「顔晴、みたいな、美幸ちゃんが作った言葉、ほかにないかな」と言ってきたので、私は再び自分の文字日記を思い出しました。

創作した言葉を求められたので、一番最初に考え出した創作文字、「楽笑」。その二文字を書くと、再び女子アナが涙を流しました。ちなみに嘘涙ですけどね。「楽しく勝つのではなく、楽しく笑うから楽笑。私の人生も、これから楽笑でいたい」と言ってました。

楽笑。楽しいから笑うのであって、そう考えるとあまりにも普通すぎる言葉。意味のない言葉。でもね、この女子アナが褒めた言葉をきっかけに、校長先生も、体育館中の生徒も拍手。再び拍手の渦が体育館と私を巻き込みました。

浮かれましたよ。自分にこれだけの拍手が降って来ることなんてなかったしね。先生全員が自慢げなんですよ。私のことで。

浮かれますよ。浮かれましたよ。マスコミにこれだけフィーチャーされて、浮かれない中学生なんていないですよね。考えましたよ。芸能界でデビューできるかもなんて勝手に夢見たり。

気付かなかったんですよね。私。馬鹿です。体育館で私を包み込んだ拍手の渦。私を褒め称えている拍手だと思っていたんです。でもね、私に対しての嫉妬《しっと》の渦なんですよ。それに気付かなくてね、嵐が近付いているのにね、気付かなくて喜んでた。馬鹿ですよね。

次の日の朝でした。

私が教室に入った瞬間、その空気の違いに気づきました。男子の1人は言いました。

「お？　美幸、芸能人になっちゃうんじゃねえの？」なんて。私もまんざらじゃないなんて思ってるくせに「やめてよ～」なんて言ってみたりして。

空気が違うんです。女子の空気。女子の目。人の目がこんなに怖いんだって初めて気付けましたよ。

矢島弁護士／法廷

被告は自分への女子生徒の気持ちが一番分かったのが給食の時だったと言います。

被告がいつも一緒に給食を食べていた、留美《るみ》さんと奈美《なみ》さん。その2人がほかの友達と給食を食べ始めたんです。

被告を冷たい目で見ている女子が1人いました。和希《かずき》さん。このクラスで一番成績もよくて、女子バスケ部で次期キャプテン候補とも言われていた。被告が書道で注目を浴びるまでは、このクラスで一番注目を浴びていたはずの女子。

留美さんと奈美さんは和希さんたちと一緒に給食を食べてました。被告に背中を向けて。

被告が給食を持ってその机に入ろうとすると、目に見えないバリアみたいなものが張られているのに気付きました。

ここからゆがみ始めます。被告の人生が。

天才書道少女現るというキャッチコピーを手に入れ、友達を失ったことをきっかけに。

このころから、被告には小さな耳鳴りがするようになりました。ストレスが原因でしょう。

収録した番組がテレビで放送されると、他のワイドショーからも取材依頼が来ました。

本の出版依頼も。母親はやらせたがりましたが、被告は断りました。

クラスの女子生徒の目が怖かったから。

どれだけ親に褒められようが世間に天才だと言われようが、毎日通う学校の生徒、女子、23名の冷たい視線を浴び生きる方が辛《つら》いのであることを知りました。

目立つと叩《たた》かれるのだ。世の中は。

美幸／手紙

留美と奈美が和希ちゃんと一緒に給食を食べるようになり、私は独りで給食を食べる日が続きました。みんな気付いてるのにね、私が独り寂しく給食食べてるのに気付いてるのにね、見て見ぬフリ。というか、私の体から匂い立つ孤独臭を楽しんでるんでしょう。

空気の読めない担任の白川《しらかわ》（いつもよれよれのジャージを着ているつまらないおっさん）はね、「美幸を一緒に誰か入れてあげなさい」と言うには言うけど、みんなノーリアクション。先生が「誰か入れてあげなさい」とさらに声を強める。この行為が傷口に塩を塗ってるってことになぜ気付かないのでしょうか。私は「1人でいいんです。1人がいいんです」と言うしかない。

その寂しさと恥ずかしさに耐えられたのは1週間。私は決心して和希ちゃんに宣言しました。

「私ね、決めたんだ。もう書道とかやらないから」。もちろん明るく言いましたよ。「なんか書道とかつまんないし、ダサいし」と。怖さで涙がこぼれそうなのをこらえながら。中学生が出来る最大限の作り笑顔で宣言。和希ちゃんはニヤリと笑って、「もったいないよ～」と言ってはくれました。でも、現実。その日のお昼から留美と奈美は再び私と一緒に給食を食べてくれるようになりました。

おかげで、耳鳴りが止まりました。家に帰って寝ることも出来るようになりました。が、しかし。大人というのは子供同士の間に流れている空気というものにうといものです。教師となるとさらに。

放課後のホームルーム、白川が嬉《うれ》しそうに言ったんです。

「みんな凄《すご》いぞ！　校長先生から、校長室に飾る大きな書を、美幸に書いてほしいというお願いがありました」。

中学において校長先生という存在は絶対です。ニュースで流れる他国の大統領なんかより、自分の学校の校長の言葉のほうがプライオリティー高いわけですから。

男子生徒は「すげ――」と叫び拍手しました。

白川先生の拍手に先導されて、女子生徒も拍手。だけどね、みんな和希ちゃんの様子を見ながら嘘の笑顔で私を見つめて拍手をするので、女子たちの気持ちの入ってない拍手が響きました。

矢島弁護士／法廷

被告は校長先生に頼まれて、再び体育館で全校生徒の前で書を書きました。「顔晴」。書いた翌日から、留美さんと奈美さんは和希さんたちと給食を食べ、被告は独り給食が始まりました。

そして、被告の耳鳴りは再び始まりました。夜だけだった耳鳴りは、1日に何度か襲ってくるようになったそうです。

美幸／手紙

実際、校長室に飾る「顔晴」を書くときは、正直、これでまた私が独りで給食食べなきゃいけなくなるということへの恐怖を感じながら、書いていたのです。憎しみにも似たような気持ちを込めながら書いていました。

休み時間、私は和希ちゃんに言い訳のように言葉を並べました。「内緒なんだけど、私、全然気持ち込めずに書いたんだ。校長、気持ち悪いとか思って書いた書だから、だから全然本気じゃないから」。

許してほしくて必死で言いました。もう耐えられません。あの寂しさには。

私が和希ちゃんに媚《こ》びるようにして言うと、和希ちゃんは大きな黒目の宿った目で私を見つめて、って言うより睨《にら》みながらね、言ったんです。

「じゃあ、そのこと、校長先生に言ってきてよ」って。

言えるわけないですよね。校長に「あんたのこと気持ち悪いと思って書いたんだ」なんて。

この時をきっかけにね、女子生徒の私への無視は、給食の時間だけにとどまらず、朝学校に来てから帰るまで、ずっと続くようになりました。

テレビ放送があってからの男子の私への扱いが、ちょっとした芸能人扱いになったので、それが余計に気に入らなかったのでしょう。

でもね、男子も気付き始めるわけですよ。女子生徒の私への無視が本格的に始まっていることに。男らしく「無視とかやめろよ——」とか言ってくれる男子生徒が1人でもいてくれればいいんですけど、いるわけないですよね。

女子生徒の無視に気付かないフリ。というか、無視されてる私をちょっと楽しんで見てるというか。

透明人間になりたいなんて思ったことありますよね？　でもね、ずっと透明人間だったらこんな辛いことないですよね。

和希ちゃんは、私のことを透明人間扱い。目の前に立っていても、いないと思って、わざとぶつかってくる。「あれ？　今、なにかに当たらなかった？」とか。

この状況を変えないといけない。変えないといけない。どうしたら許してくれるんだろう。

和希ちゃんは。

だから私は考えました。私なりの断筆宣言を。口で言うだけでは信じてもらえないと思い、考えたのです。

給食の時間でした。白川がいなくなった瞬間を見計らい、私は黒板の前に出ていき、和希ちゃんの目を見て言いました。

「私、もう本当に書かないから。書道とかくだらないし」と。

和希ちゃんは私を見て「とか言いながらまた書くんでしょ？　褒められたいから」と言ってきたので、私は、机の中に入れといた書道の筆3本を取って、再び黒板の前に立ち、みんなに見せました。そして宣言しました。「私、もう書かないから。本当に」。

筆3本は左手に持っていました。中の1本は校長先生にもらった1万円以上する筆。

私は右手に持っていました。ハサミを。

ハサミで、筆の毛をザクッと切りました。美容院で長い髪の毛を一気に切っていくような勢いで。

筆1本ずつ、筆の毛をザクッザクッと切り刻んでやりました。ハサミで切られた毛は、ビルから身を投げた人のように落ちて行きました。

切り刻まれた筆は惨めな姿になっていました。

みんなはさすがに私の行動に開いた口が塞《ふさ》がりません状態。誰も言葉が出ませんでした。

私はね、切る前は手が震えていたのにね、切り始めたら、正直、あれ、なんでしょう。

膀胱《ぼうこう》のあたりがうずく感じがしました。尿意を感じるというか。

万引きしたクラスの男子がなんかおしっこ漏れそうになったと言ってたのをこの時、思い出しました。

私の決意を見た和希ちゃんは「もったいないよ〜！ なんでそんなことするの」と言いましたが、目は笑っていました。

これで終わる。やっと終わる。また戻れる。

矢島弁護士／法廷

被告は、これで前のような日常が戻る。普通が戻る。そう思っていたのに、次の日の給食でも被告は仲間に入れてもらえませんでした。無視は続きました。

被告の耳鳴りはさらに大きくなり、回数も増えました。

無視だけだった被告へのイジメが変化していきます。

美幸／手紙

私が切った筆の毛をホウキで掃いて掃除していると、和希ちゃんが立ちあがり「私も手伝うよ」と言って、私からホウキを取り、掃いてくれました。和希ちゃんが掃除を始めると女子生徒みんなが動き出します。

良かった。また戻れた。だけど、そうじゃなかった。

楽しみを与えてしまっていたんです。みんなで1人をターゲットにして、人を追い込む楽しさを。快感を。

大切な筆の毛を切るというケジメのつもりでやった行動が、自分をさらに追い込むことになったなんて。皮の肉と書いて皮肉。

次の日の給食の時間。和希ちゃんは仲間に入れてくれました。また机をくっつけて給食を食べる。筆を犠牲にしたおかげで、みんなと仲良く出来る。

自分の行動は正しかった。そう思った時でした。

その日のメニューはクリームシチュー。人気ナンバー1メニューです。

私も大好きなこのシチューをスプーンを持ち、すくおうとした瞬間でした。

和希ちゃんは私の耳元で囁《ささや》きました。

「美幸だけにトッピングね」と。

握っていた右手を私のシチューの上で開くと、真っ白なシチューの中に何かが入っていきました。

それは筆の毛でした。私の切った筆の毛が何本、何十本も入ってる。

和希ちゃんは再び私の耳元で囁きました。

「大好きだよね、これ。私が入れてあげたんだから食べるよね」と。

声を出せなかった。出すことが出来なかった。

仲良くしてもらえたと思ったのに、違ったんだ。

イジメの進行は止まることはない。切除しない限り。

でも、自分では切除することは出来ない。癌と一緒だ。

私がその場で出来ること、やらなければいけないことは、筆の毛が大量に入ったシチューを食べること。

留美と奈美は、小さな声で「早く食べなよ」と脅してきます。

私は震えの止まらない右手で持ったスプーンで、毛の入ったシチューをすくい、口に運びました。

思い切り。飲み込んでしまおうと。

一気に喉《のど》まで押し込んだ瞬間、筆の先が喉の奥に刺さっていく。

絡まっていく。

罰だ。

罰。

大切な筆を切った天罰だ。

私は食道に入りかけたシチューを一気に吐き出してしまいました。床に。

その日の午後から、私は陰でみんなに言われます。

ゲロ女。

矢島弁護士／法廷

この学校では、校外での写生大会が年に一度行われます。6月下旬。

被告の実家である栃木県那須《なす》の周りには広大な自然が広がっています。全校生徒で遠足を兼ねて山を登り、川の近くにいき、おのおのが好きな絵を描くのです。

被告は、1年生、2年生の時はとても楽しみにしていたこの写生大会ですが、この年、クラスで友達を失いました。写生大会が近づけば近づくほど憂鬱《ゆううつ》でした。

風邪を装って休むという選択肢もありますが、無駄に親に心配をかけたくなかった。コンテストで日の目を浴びてからの家での被告の扱いは変わりました。被告に期待を寄せる両親に、学校での現実を伝えることなど出来ない。

知ってほしくないわけです。

写生大会の日も、休めば気持ちが楽なのは分かっていたのですが、休むことにより、学校でのイジメを少しでも悟られるのがイヤで、被告は出席しました。その時期になると鮎《あゆ》釣りをする人の姿が溢《あふ》れはじめる黒川《くろかわ》。3年生全員が列をなして、上流のほうに上がっていきます。

被告は女子友達の会話に入れてもらうことも出来ずに、ただ1人黙々と歩いて行きました。

この日のために、生徒はみな田舎町で一番大きいファッションセンターで買った洋服で精一杯のおしゃれをしてきます。

ですが、中には学校のジャージで来る生徒もいる。

学年ごとに色が違うのですが被告の学年は青。明るめのブルーのジャージ。

美幸／手紙

安っぽいそのジャージをこの日に着ていくことはちょっとした人生の敗北宣言。私はこのジャージを着ていくことにしました。

とにかく目立たないこと。それが大事。

ですが、目立たないために着てきたはずの青いジャージですが、和希ちゃんは私を見るなり「逆に目立とうとしてそういうの着てくるんだよね。美幸って」と冷たい視線を浴びせました。

和希ちゃんが冷たい視線をすると、一斉に女子全員の視線が冷たくなります。

初夏。なのに、私の体には全身、鳥肌が立っていました。

雄星さん。こういう人っているんですよね。自分の選択がすべて悪い方向に行く。
○×クイズ、全部不正解しちゃう人。
それが私でした。

矢島弁護士／法廷

去年はあれだけ楽しかった目的地までの歩きが、ただただむなしかった。

気持ちいい空や広大な景色なんてどうでもいい。

楽しそうに話している周りの会話が被告の耳に、鼓膜に針のように刺さる。

耳にふたをすることが出来たらいいのに。そんなことを願いながら、一歩ずつ、涙をこらえて歩いていったと言います。

大丈夫。

時間が解決してくれる。絶対。

信じるしかなかった。和希ちゃんがまた許してくれる日が来る。私はそのチャンスを待とうと。


3時間ほどかけて目的地に到着。

たまに野生の猿も飛び出してくるほどの森が構える山のふもとから、幅5メートルほどの川がゆっくりと川下に向けて延びている。

ここが写生ポイントとなるのです。

美幸／手紙

川からはまだ釣り解禁前の鮎が元気よく飛び跳ねている。

この鮎はね、なにも知らない。気づいてない。これから1か月もしたら餌にかかって人間に食べられるってことに。

だからね、楽しそうに飛び跳ねている鮎を見ると、コンテストで優勝した時の自分を重ねてしまいました。

鮎に呟《つぶや》いていました。「かわいそうだね」って。

私以外の生徒たちはみんな、2、3人の友達同士で分かれて、自分たちの写生ポイントを探します。

もののけの森のように太い木が茂るところで描く人や、山の上に登り、そこから町を見下ろして描く人。それぞれ。

川は流れも緩やかで、30センチほどの深さなので、そこに足を入れて、みんなその冷たさにキャーキャー騒いでいます。

不思議ですね。みんなが楽しそうに騒ぐ音がすべてノイズに変わっていく。

私は誰にも見られないように耳を塞《ふさ》いでいました。

塞いでいるのに聞こえてくるんです。和希ちゃんが留美と奈美に大きな声で「ねえねえ、山の上で一緒に描かない？　3人で」。

耳の機能をボタン1個でオフにすることが出来る機能があったらいいのに。

そんなことまで思ってた。

去年まで一緒に絵を描いた留美も奈美も、和希ちゃんと一緒に山の上の方に行ってしまいました。

だから。私は1人で描くしかなかった。

1人だけで描いてる人なんていません。本物の画家じゃないんだから。

もし1人で描いている人がいたとしたら、その人は明らかに1人で描かざるをえない状況になった人。

ほかのクラスの人にそう思われるのがイヤで、私が1人寂しく描いているところを見られるのがイヤで、私は、川の奥の方に消えるようにして進んでいきました。

私以外、誰もいないのに、油断すると、ほかの生徒たちの楽しそうな声だけが鳥の声と一緒に交じって時折届く。

それが私の寂しさの濃度を上げていく。

私は耳を塞ぎました。

川が流れる森の中で私はたった1人。

「たった1年でなんでこんなことになっちゃったんだろう」

そのことしか頭に浮かびませんでした。

絵を描く気持ちになんかなりません。

でも、今日中に絵を描き、提出しないといけない。

私の目の前には真っ直ぐに流れていく川。

川を描こう。

川だけを。

普通にただ川だけを描こう。

みんなの中で一番目立たない川を描こう。

誰にも期待されない川を描こう。

景色もなにも描かず、目の前に流れる川だけを描けば、何一つおもしろくない絵になる。

自分にとって、誰かに少しでも評価されること、褒められることは、毒を飲むのと同じ行為。

矢島弁護士／法廷

普通の中学生にとって親や先生に褒められることほどうれしいことはない。

ですが、被告は。褒められることをただ怯《おび》える。

そんな中学生、悲しすぎます。

うれしかったら喜ぶ。

悲しかったら泣く。

これが普通の感情ですが、被告の気持ちと感情表現はこのころからゆがめられていきます。

美幸／手紙

私は誰にも褒められない絵を描くために、画用紙に下書きもせずに、直接筆で色を塗っていくことに決めました。

まず、パレットに絵の具を出しました。

白の絵の具をギュッと握ると私は、1本まるまる絞り出していました。

なんでしょう。怒りではないんです。悔しさ。

こんな状況になってしまった自分への悔しさとでも言うのでしょうか。

普通はちょっとずつ出して使う絵の具を1本丸ごとパレットに絞り出した時に体に鳥肌が立っていました。

だから。青、白、緑。なに色でも良かったんですけどね。

パレットに1本丸ごと絞り出してやった。悔しさを晴らすために。

気づくと私は、パレットの上からこぼれ出すほど青、白、緑の絵の具を全部絞り出していました。

絞り出されてこぼれはじめた絵の具の中に筆を入れて混ぜ合わせる。

期待されない絵を描かなければいけないので、どんな色が出来上がってもいい。

生卵を箸《はし》でかき回すかのように、筆で絵の具をかき回す。

見たことのないよどんだ色。

筆から唾液《だえき》のようにこぼれている。

唾液を垂らした筆を持ち、画用紙に叩《たた》きつけるように塗りつけました。

その時、画用紙にぶちょっとはりつき、色を塗る筆を見てドキッとしました。

なんか気持ちよさそうだったからです。

絡みあった大量の絵の具を体に巻きつけ、画用紙に、まるで自分から車に飛び込んでいくような勢いでぶつかっていく筆が気持ちよさそうだった。

何度も何度も画用紙にぶつけていく。

気づくと、画用紙の中によどんだ青色の斑点《はんてん》が隙間もないくらい重なり合っていく。

これが私の、川。

最初に筆を画用紙にぶつけた時、体中に波が走り鳥肌を作っていきました。

この波は罪悪感によりたてられた波とでも言いましょうか。

そうです。楽しそうに画用紙にぶつかる筆を見ていると、私がハサミで切り落とした書道の筆を思い出したんです。

私があそこで切り落とさなければ。

私があの時、ハサミで切ってなければ、あの筆たちもこの快楽を感じられたんじゃないかななんて思いが、次第に罪の意識に変わりました。

体中がゾワゾワしました。

そしてまた、下半身がそわそわするというか、尿意を感じました。

トイレは歩いて15分の所にありましたが、別におしっこがしたかったわけではありません。

テストの直前とか緊張すると尿意を催します。

クラスの男子的に言うと、万引きの時の尿意。

緊張した時に感じる尿意は、罪悪感が体を走り抜けた時にも感じるのでしょう。

パレットからこぼれそうになっている青と白と緑の絵の具を、筆に思い切り絡めながら、画用紙に筆を叩きつけるようにすることは、私にとっての久々の小さな幸せでした。

人間は求めてしまう生き物です。

そこでやめておけばいいのに、やめられない。

脳の馬鹿野郎です。

罪ですよね。

悔しさを晴らし、小さな幸せを感じてしまった私は、ふと思ってしまったのです。

川の中に足を入れてみたい。

川の冷たさを感じながら、画用紙にこの筆で絵の具を叩きつけるようにして描いてみたくなったんです。

冷たい川の中に足を入れれば、冷たさが体に電気を流す。

その電気を流しながら罪悪感の電気も流してみたいと。よせばいいのに。私。結局、欲張り。

久々のワクワクした気持ち。

靴下を脱ぎ、靴の上に置きました。ズボンをひざ上までまくります。画用紙を置いた画板を落とさないように首にかけ、絵の具をたっぷりこねるようにつけた筆を手に持ちました。

ちょっと、いや、だいぶ興奮している自分がいました。

いよいよです。川の中に入って川を描く。

冷たいことは分かっていました。右足のつま先をゆっくり川の中につけました。それだけなのに冷たさというより痛さが体に走りました。

期待していた電気です。

その電気は足の甲からふくらはぎを抜け、ひざを抜けて、腰元まで走ってきました。

その電気をこらえるように、つま先からさらに足を一気にくるぶしまで入れた時です。

痛みを伴う冷たさは私の腰から胃の下まで一気に駆け巡りました。

その電気は筆への罪悪感の何倍もの大きさで走りすぎ、膀胱《ぼうこう》を刺激したんでしょう。

私の尿道からは大量の尿がこぼれだしました。

股間《こかん》に感じる温かみ。

私の尿は私に尿だと気づかれる前に下着から、ジャージを突き抜けて、こぼれていきました。

おしっこを漏らした。

それを自覚する前に、この電気がもたらした尿が、今まで経験したことのない気持ちよさを感じさせたことは否めません。

矢島弁護士／法廷

しかし、被告はすぐに自分がしでかしたことに気づき目が覚めます。

青いジャージのズボンが一気に噴き出した大量の尿で、紺色に変わっていたからです。

おしっこを漏らした。中学3年で。

こんなことがほかの生徒にバレたら、今の状況が悪化することなんか分かっている。

ただでさえゲロ女と呼ばれているのに、もしこれがみんなに知れたら。

最悪のシナリオがどんどん浮かんでいく。

とりあえず今の自分にできること。

川で足を滑らせてしまったことにするしかない。

その為には、一度、腰元まで一気に水の中に沈めるのだ。

ジャージを濡《ぬ》らすのだ。

そうすればバレることはない。

絶対に。

そんな計算をはじき出した時でした。

カシャッと音がしました。

被告が立っていた場所の右手、5メートルほど横に山からの下り口となる小さな道がある。そこからカシャッと音がした。

その音はなんだろう。うすうす分かっていた。

自然の音ではないことに。

その音の方向を振り向くと、携帯を手にした人が立っていた。

美幸／手紙

それは留美だった。

私が川の中に入っていくところから見ていた。そしておしっこを漏らすところも見ていた。

悪い状態のかけ算が何個も重ねられて、最悪を作る。

留美は携帯のカメラで私の無様な姿の写真を撮り、私のことをじっと見つめてた。

なのに止まらない私の尿が。

留美はジャージからこぼれ出ていく私の尿を見ていた。

ごまかしようがなかった。私の口からは一言しか出なかった。

「留美……お願い」

留美は言葉を失っていたけど、私の言葉にゆっくりうなずいてくれた。

そのうなずきは、私の言葉へのアンサーじゃなく、次の行動へのスタートの合図だった。

留美が叫んだ。

「和希ちゃ――ん！　美幸がおしっこ漏らしてる――――」

留美のその声が、言葉が、大きなノイズに変換されて、私の耳の奥で暴れ出しました。

矢島弁護士／法廷

次の朝、学校に行き、教室に入った瞬間でした。

女子だけじゃなく男子も被告を見てニヤニヤしている。

被告が川でしてしまったことを全員が知ってしまっている。

ここまでは想定範囲内でした。

ですが。

被告が自分の席の椅子に座った瞬間でした。

お尻《しり》に鋭い痛みが刺さりました。

美幸／手紙

私のお尻の肛門《こうもん》に近い部分。お尻の一番やわらかいところに、スカートごし、見事に、画鋲《がびょう》が刺さっていました。

痛かった。画鋲だと認識してから、1秒、2秒、3秒、痛みも増していきました。

みんなは私がどんなリアクションをするのか、静かに見守っています。

屋久島で観光客が産卵をする亀を遠巻きに列をなして見守っている姿をテレビで見たことがありますが、あんな感じでしょうか。

あの亀だってね、誰かに卵を産んでる姿を見られたいわけじゃないんですよね。好奇の目で見られているだけ。

かわいそう、亀。

亀は卵だけど私は画鋲。痛いけど痛いと言ったらいけない気がして。

痛みをこらえ、画鋲を外す私を、クラス全員、43名、86個の目が私を向いています。

笑わない人の目がこんなに怖いのだと気付けました。

私の一つ一つの行動を監視しているようでした。

3年生になるまでは自分の人生には全く関係ないと思っていたイジメというものが、分かりやすく自分の人生に割り込んできた。

人間は誰だって幸せを求めます。

自分が不幸なんだと自分で認めることはしたくない。

だから、自分はイジメられているのだという事実を認めたくない。

けれどみんなが私に期待していることは明らかでした。

私が大きな声で痛がったり、泣き出すところを期待していた。

マリー・アントワネットが首を切り落とされる日も、それを見に来た市民の目はこんな目だったのでしょうか？

冷たい目のまま期待だけは広がっていく。そんな空気。

だからそこで思ったのです。

期待通りのことをすると、また期待される。

期待が大きくなるということは、私が受けるイジメもさらに大きくなっていくのだろうと。

だから、私が取る行動。その答え。

それは、普通にするしかない。

普通にすることによって、なんとかこのイジメを最小限に食い止めるしかない。

私はお尻から抜いた画鋲をゴミ箱に捨て、淡々と席に戻り、教科書を出して授業の準備をしました。

みんなの期待した空気はしぼんでいきました。

みんなの期待通りではなく、普通にしていれば、火遊びは大きな火事にならないと思っていたのです。

だけど、間違っていました。火事を期待してる人たちはなんとかして火事を起こす。

火事が起きないならば油を撒《ま》いて火をでかくしてやろうと思うのですね。

人間の期待とはおそろしいものです。

次の日、私は自分の椅子に画鋲がないかさりげなく確認し、座ります。

鞄《かばん》から教科書を出そうとして手を机の中に入れた瞬間、何かが手に触れました。

習字の半紙が1枚、入っていました。そこには、綺麗《きれい》な文字で書かれていました。

小便……と。

みんなの期待がまた私の背中に刺さります。

私はその半紙をくしゃくしゃに丸めたい気持ちになりましたが、それをしてしまうと期待通り。

だから、机の上でそっと折って、ゴミ箱に捨てました。

席に戻る私の背中に向かって、誰かの声がぼそっと届きました。

「しょんべん女」

笑い声が教室中に響きました。

私は聞こえていないフリ。

なんとか私にリアクションさせようと、女子だけでなく男子も、小さな声で私に向かって声を届けます。

「しょうべん女、しょうべんくせーぞ」

「ゲロまみれのしょうべん野郎」

「お前の香水、小便だろ?」

「美幸と書いてしょうべんと読む？」

小便をテーマにした大喜利《おおぎり》のようになっていきます。私に言葉を投げてはみんなで笑う。

私は聞こえないフリをして教科書を見ていました。

リアクションしたらダメだと。

だけど、聞こえないフリをしてることが十分なリアクションなんですよね。

誰の言葉で私が泣くか、怒るか待ってます。

さすがに耐えられずにトイレに行くフリをして立とうとすると。

「トイレ行くなよ！　漏らすの好きなんだろ？」

クラスに大きな笑い声がとどろきます。

笑い声にも二つある。

おもしろいことが起きた時に起きる笑い声。

人を不幸に突き落とす時に起きる笑い声。

後者の笑い声を毎日浴びることになった私。

教室に戻りたくなくて、トイレの個室で時間を潰《つぶ》そうとすると、それこそ格好のターゲットです。

和希ちゃん率いる女子軍団が何人も一斉に入ってきて、私がトイレの個室にいるのを分かってて話し出します。

「美幸って、なんか小便臭くない？」

「分かる分かる〜」

休み時間だけではとどまりませんでした。

授業中なのに、先生になるべく気づかれないように生徒があくびをするフリして「あ〜、しょうべん」とか言うんです。

一回言うごとの得点制になっていました。

私をイジメるアイデアを次から次へと考え出す。

こういう時の人を貶《おとし》めるパワーを国のために使ったらどれだけ役に立つんでしょうか？

矢島弁護士／法廷

この時被告は気づいたと言います。

幸せは追い求める物。不幸は追ってくる物。

教室には天才書道少女をリスペクトする生徒は誰もいなくなった。

それどころか、美幸がどうしたら苦しむだろうということばかり考える。

机の中に実際に誰かの尿が入れられたペットボトルが入っていた日もあったと言います。

「これ飲めよ」

と書かれて。

美幸／手紙

ある日の昼休み。私がちょっと席を立ち戻ってくると、黒板には私が体育用に持ってきたジャージのズボンを広げて画鋲《がびょう》でうちつけてありました。

ジャージの股《また》のところに貼られた紙には「小便ジャージ10秒触ったら100円」と書かれている。男子生徒が私のジャージを手で触り「1、2、3、4、5、6、無理だ～」と遊んでいる。

磔《はりつけ》になるジャージ。

私の身代わり。

ごめんなさい。

黒板に貼ったのは和希ちゃんでしょう。

だけどこれには男子生徒が積極的に参加してました。

「お前、触れよ」

「イヤだよ。汚ねえよ」

そう言いながら私のジャージの股間《こかん》部分を秒数を数えながら触っている。

私のリアクションを期待しながら。

そのとき私は気づきました。

私のジャージの股間部分を「汚ねえよ」と言いながら触っていたジャージ姿の男子の股間が膨らんで隆起してることに。

勃起《ぼっき》。

私をイビることで性的興奮も感じていたんです。

だから止まることはありませんでした。

私は毎日こらえていました。ギリギリのところで。泣いていいんだよとスイッチを入れたら1秒で涙が流せたと思います。

だけど、リアクションしない私に対して、和希ちゃんを始めみんなは、どうにかして私のことを怒らそう、泣かせてやろうと思っていたのでしょう。

泣けない。

一度みんなの前で泣いてしまったら全てが終わってしまう気がしたから。

一度泣いたらずっと泣いてなければいけない気がしたから。

だからこらえていました。
こらえていることも気づかれないように、こらえました。
でもね。
今思えば、泣いてしまった方が良かったのかもしれない。
泣いたら終わっていたのかもしれない。
普通にするから。
その姿が憎らしく見えたのかもしれない。
才能ですね。たぶん。
あの頃の私には人をいらだたせたり憎らしく思わせる才能があったのかもしれません。
だって自分を守るためにやることなすことが全部人をいらだたせるんですから。

矢島弁護士／法廷

被告は耳栓をして学校に行くようになりました。
耳のスイッチをオフにすることが出来ないのならば、自分で情報を遮断するしかない。

耳栓をしたまま教室に入ると、最初は怖かったそうです。

声が聞こえない分だけ、みんながどんなことを言ってるのか。

みんなの冷たい笑顔と視線が浮き立つ。

口が餌を求める鯉のようにパクパク動く。

どんなことを言われているのか気になり、そっと耳栓を外してみると、聞こえてくるのはやはり被告を苦しめようとする言葉ばかり。

イジメが激しくなってきてからも、被告の両親は全く気づかない。

家を出ると耳栓をして登校し、帰ってきて家に入る前に耳栓を外す。

笑顔を作って玄関をまたぐ。

イジメられていることを親に悟られたくなかった。

ですが、家に帰ってそこがせめて被告にとって気持ちが安らぐ場所になれば良かったのですが、そうではなかった。

相変わらずの親の期待が降り注ぐ。

母親は色々な書道のコンテストの要項をどっさりと渡してくる。

「私は高校受験が終わるまではそっちに集中したい」

そう言ってごまかします。

教室でも期待。

そして、家に帰ると親からは別の期待。

二種類の期待。

「お母さんもお父さんも早く周りの人に褒められたくて仕方ないんだ」

被告は家の2階に上がり、自分の部屋にこもり、家でも耳栓をするようになったのです。

1階のリビングからこぼれてくるお母さんやお父さんの笑い声にむしずが走るようになってきます。

何にも気づいてくれない両親に。

期待がいかに子供を苦しめるか。

教室でも家でも逃げ場がなくなっていく被告は、この頃からある行動を起こすようになります。

美幸／手紙

怒りたくない。泣きたくない。どうにもならない。

だけれど、自分が確実に壊れていくのがわかった。

なにか方法はないか？

この寂しさを、恐怖を、悔しさを。この膿《うみ》を体から出す方法は。

私の目に文字日記が入りました。

開くと自然と和希の名前を書いた。「大橋《おおはし》和希」。平和の和と希望の希。親は和をのぞむという意味でつけたのじゃないのか？

和希の顔を思い浮かべてノートに「和希」と書くと、その上に、無性にある言葉を書きたくて書きたくて仕方なくなりました。

だから「和希」という文字の上に、私は、ひきだしにあった一番濃い鉛筆、4Bで、思い切り気持ちを込めて「馬鹿」と書いた。

その瞬間。

少しだけですが、膿が抜けていく感覚があったんです。

だから次はクラス全員分の名前をHBで書きました。43人分。

そしてね、43人の名前の上に1個ずつ綺麗《きれい》に念を込めて書いていく、4Bの濃さで「馬鹿」。

43個の「馬鹿」は膿を抜き取ってくれました。

部屋で私は久々に笑いました。43個の「馬鹿」を見て。

文字は気持ちを晴らしてくれた。

文字日記は私に気持ちの切り替え方を教えてくれた。

次の日、教室に入りみんなの顔を見たときに「馬鹿」の文字が浮かぶんです。
和希も馬鹿、留美も馬鹿、奈美も馬鹿。
馬鹿、馬鹿、馬鹿、馬鹿、馬鹿、馬鹿、馬鹿、馬鹿、馬鹿、馬鹿、馬鹿
馬鹿、馬鹿、馬鹿、馬鹿、馬鹿、馬鹿、馬鹿、馬鹿、馬鹿、馬鹿、馬鹿
馬鹿、馬鹿、馬鹿、馬鹿、馬鹿、馬鹿、馬鹿、馬鹿、馬鹿、馬鹿、馬鹿
馬鹿、馬鹿、馬鹿、馬鹿、馬鹿、馬鹿、馬鹿、馬鹿、馬鹿 勃起、馬鹿
あ、1人だけ勃起に見えましたよ。あのジャージの男ね。

矢島弁護士／法廷

文字日記での復讐《ふくしゅう》という楽しみを見つけた日から、耳の中を駆けずるノィズも止まった。

耳栓を外すことが出来ました。

小便女と言われても、ジャージを汚いもの扱いされても、夜の文字日記での復讐を見つけてからは、生きることがちょっとだけ楽しくなれた。

クラスのみんなに人生をねじ曲げられ、それでもその方向に光を見いだす。

今の被告の、五味美幸の復讐心の根本を作り出して行ったのです。

美幸／手紙

私のジャージや持ち物全てを小便菌扱いされた日がありました。その日の夜は文字日記にクラス全員の名前を書き、その上から4Bの鉛筆で1人ずつ書きました。
汚物。
和希も汚物、留美も汚物、奈美も汚物。
汚物、汚物、汚物、汚物、汚物、汚物、汚物、汚物、汚物、汚物
汚物、汚物、汚物、汚物、汚物、汚物、汚物、汚物、汚物、汚物
汚物、汚物、汚物、汚物、汚物、汚物、汚物、汚物、汚物、汚物
汚物、汚物、汚物、汚物、汚物、汚物、汚物、汚物、汚物、汚物
今度こそは勃起《ぼっき》も汚物。
全員の名前の上に「汚物」。天才書道少女の字で書いてやる。
お前らは汚物なんだよ。
お前らの方が人間として汚いんだよ。と。
雄星さん、ごめんなさい。手紙に43個もこんな言葉を書いて。でもね知ってほしいんです。私を。

感じてほしいんです。私を。
文字日記での復讐を始めると、筆を切って以来収まっていた文字への興味が再燃し始めました。
雑誌や辞書で文字を調べることもまた好きになったんです。
文字日記で復讐するために。
色んな言葉を探して、あいつらの名前の上に書いてやる。
畜生、畜生、大畜生、畜生、畜生、畜生、畜生、畜生、畜生、畜生
畜生、畜生、畜生、畜生、畜生、畜生、畜生、畜生、畜生、畜生
畜生、畜生、畜生、畜生、畜生、畜生、畜生、畜生、畜生、畜生
畜生、畜生、畜生、畜生、畜生、畜生、畜生、畜生、糞《くそ》畜生、畜生
畜生、畜生、畜生
何人か文字を足したりしてもてあそんでやることも楽しかった。
豚女、豚女、豚女、豚女、豚女、豚女、豚女、豚女、豚女、雌豚
豚女、豚女、豚女、豚女、豚女、豚女、豚女、豚女、豚女、豚女
豚女、豚女、豚女、豚男、豚男、豚男、豚男、豚男、豚男、豚男
豚男、豚男、豚男、豚男、豚男、豚男、豚男、豚男、豚勃起、豚男
豚男、豚男、豚男

雌豚はもちろん和希ちゃんです。
下衆《げす》、下衆、糞下衆、下衆、下衆、下衆、下衆、下衆、下衆、下衆
下衆、下衆、下衆、下衆、下衆、下衆、下衆、下衆、下衆、下衆
下衆、下衆、下衆、下衆、下衆、下衆、下衆、下衆、下衆、下衆
下衆、下衆、下衆、下衆、下衆、下衆、下衆、下衆、汚下衆、下衆
下衆、下衆、下衆、下衆

中でも一番気持ちよかったのはね。
肛門《こうもん》、肛門、肛門、肛門、肛門、肛門、肛門、肛門、肛門、肛門、肛門
肛門、肛門、肛門、肛門、肛門、肛門、肛門、肛門、肛門、肛門、肛門
肛門、肛門、肛門、肛門、汚肛門、愚肛門、肛門、肛門、肛門、肛門
肛門、肛門、肛門、肛門、肛門、肛門、肛門、鬼肛門、肛門、肛門
肛門、肛門、肛門

鬼肛門、和希ちゃん。汚肛門は奈美で愚肛門は留美。

教室に入るとみんなの顔が肛門に見えるんですよ。笑いをこらえるのに必死なんですから。

矢島弁護士／法廷

教室に入り、みんなの顔を見てニヤつくようになった被告を見て、クラスメイトたちは焦り出します。

なぜこいつはニヤついているのか？　どこからその余裕が来るのか？

イジメていたはずの側が、たくましくなっていく被告に焦りと恐怖を覚え、その結果、さらに追い詰めることが起きました。

美幸／手紙

その日。教室に入ったら、机の上に写真が貼られていました。プリントアウトされた写真。

私が写っていました。川の中に立っている私。ジャージは漏らした尿で紺色に染まってる。

そうです。留美があの瞬間撮った写真。

私はノリで貼られた写真を剝《は》がしました。普通でしたよ。

またこんな馬鹿なことをしたこいつらの名前に、とっておきの言葉をかぶせて書いてやると思っていました。

文字を選んでいました。あいつらに似合う文字を。

余裕を見せる私に誰か女子の声がぼそっと呟《つぶや》きました。

——図書室行った方がいいよ——

矢島弁護士／法廷

図書室があるのは学校の3階。

朝は授業が始まる前だからほとんど人も通りません。被告は走りました。すると3階の廊下に貼られていました。

一番左端にある図書室から、一番反対側にある音楽室まで、50メートル近く、廊下に。

被告の漏らした写真が。

全部で43枚。ノリでべっとりと。

被告を追いかけてくる生徒は誰もいない。

被告はひとりぼっち、廊下で1枚ずつ剝がし始めました。

自分の写真。

その写真には1枚ずつみんなの字で書いてある。

小便女。　小便女。　小便女。　小便女。　小便女。　小便女。　小便女。　小便女。
小便女。　小便女。　小便女。　小便女。　小便女。　小便女。　小便女。　小便女。
小便女。　小便女。　小便女。　小便女。　小便女。　小便女。　小便女。　小便女。
小便女。　小便女。　小便女。　小便女。　小便女。　小便女。　小便女。　小便女。
小便女。　小便女。　小便女。　小便女。　小便女。　小便女。　小便女。　小便女。
小便女。　小便女。　小便女。　小便女。　小便女。　小便女。　小便女。　小便女。
小便女。　小便女。

美幸／手紙

最後の1枚には「小便女　死んどく？」と書かれていました。和希ちゃんの字でした。

1枚ずつ剝がしましたよ。でもね、剝がれないんです。なかなか。

しつこいんです。私の写真が。

爪も痛くなってね。剝がした写真が爪の間に入ってきてね。

誰もいない。私以外誰も。

クラスのみんな、誰かが見に来てるだろうと思った。
私がこの写真を剝がしてる姿を見たいんだろうと思ったのに、いない。
どうして？
なんで？
私の苦しそうな顔を、姿を見たいんじゃないの？
期待してるんじゃないの？
私が泣くのを期待してるんじゃないの？
なのに、なぜ？　なんで？
なんで私のこの姿を見に来ないの。
期待してないのだとしたら私はなんでみんなにイジメられてるの？
何のためにイジメられてるの？
不思議なものです。
みんなの期待にこたえたくないと思っていたから泣かないと決めていたのに。
私にはそれすらの期待もないのだと思ったときに、涙があふれてきました。
目からと言うか、喉元《のどもと》くらいから涙がこみあげてきてね。
涙が自分の写真に落ちていってね。
なんだろう。私は何のためにイジメられているんだろうって。

22枚目で諦《あきら》めました。

右手の中指の爪が折れてね、血がにじんできてね。

もういいや。

もういいやって。

どうせこの学校にいてどれだけ頑張ったって前のように戻ることはない。

私がどっちの方向に進んだとしても、そこにあるのは絶望なんだって。

この迷路から絶対出られないんだって。

私が写真を剝がしきらなかったから、学校全体の問題になりました。

担任の白川は生徒1人ずつと面談して犯人を捜そうとしましたが、認めるやつがいるわけないですよね。

っていうか、犯人は全員ですから。

私はめでたく全校生徒に認められました。

写生大会で小便を漏らし、イジメられているかわいそうな女だと。

死ねば？　というすすめに対して、死ぬことを考えなかったんです。

だってね、悔しかったんです。

もう自分への悔しさじゃない。

馬鹿で汚物で畜生で豚男に豚女で下衆《げす》で肛門《こうもん》なやつら43人に、ただ負けるのが。

おかげさまでね、たくましくなれたんですよ。

文字日記のおかげで。

文字に苦しめられたくせに文字に成長させてもらえたんです。

因果なもんです。

家に帰って私は文字日記、開きました。

その日に書きました。

学校で一番惨めでかわいそうな女が、43人のあいつらに贈る言葉。

あいつらに最高級の言葉、探したんじゃない。

作ったんです。

みんなの名前を43個書いてね、その上から書きましたよ。「糞《ふん》」の「人」と書いて

「糞人」。

矢島弁護士／法廷

ふんじん……と読んでほしいそうです。

美幸／手紙

和希に糞人、奈美に糞人、留美に糞人。
糞人、糞人、糞人、糞人、糞人、糞人、糞人、糞人、糞人、糞人糞人、糞人、糞人、糞人、糞人、糞人、糞人、糞人、糞人、糞人糞人、糞人、糞人、糞人、糞人、糞人、糞人、糞人、糞人、糞人糞人、糞人、糞人、糞人、糞人、糞人、糞人、糞人、糞人、糞人

白川にも糞人。ついでに校長にも糞人。

並べたみんなの名前に、「糞人」「糞人」って書くのがたまらなくてね。またあの衝動が来たの。

写生大会以来。そうです。尿意を感じたんです。

尿意とともに今度はひらめきをくれた。

文字日記だけじゃ終われなかった。

いつまでも私をイジメるつもりならイジメてください。

どうぞイジメてください。

そのかわり、糞人共をちょっとだけ追い込んでやろうって。

常識、モラル、この二つがあったから今まで出来なかった。

だけど、廊下の写真のおかげではずすことが出来ましたよ。

この二つ。

そしたら簡単。あることを思いついたんです。

あいつらが私のことを小便女だと思うなら、私はあいつらのことを上から見てやろうって。

私がしたこと？　嫌いにならないでくださいね。

あ、もう十分嫌いか。

次の日、朝5時に起きて学校に行きました。

教室に入った時は6時。まだ誰もいなかった。

全員分は重かったから、まずは女子の分23本。

紙袋に入れて、トイレに持って行った。

その瞬間から興奮してる自分がいました。

トイレの清掃用のバケツを出してね、私は思い切りおしっこした。

ためてたからね。昨日の晩から。

我慢した分、500ミリリットル以上出たかな。

もうわかりますか？　そうです、縦笛。

縦笛のふくところを1本ずつつけていってやったの。

私の体から出たいらない液体にね。

小便女と馬鹿にする女の小便にね。

自分らの口をつけるところをつけてやったの。

名前を呼びながら、私の小便につけてやった。

小便女の小便をつけた笛を丁寧に笛入れに入れてね、机に戻したんです。その日の音楽の授業の時間、たまらなかったです。

漏らしそうでした。

和希に留美に奈美にほかの女子みんな。

何も知らずに私の小便がかかった笛を口につけた瞬間ね、体に電気みたいのが走った。

ちょっとだけおしっこ漏れてた。

これがね、多分私の人生初のエクスタシーってやつだと思います。

でもね、これで終わりじゃないんですよ。

常識とモラルがはずれたって言いましたよね？

留美に手紙を書いてね、机の中に入れておいたんです。

「女子全員の縦笛に、私の小便付けさせてもらいました。うっそ」

あえてね。最後に「うっそ」って書いた方がリアリティーが増すというかね。
絶対、笛を口にしたときにみんなが違和感感じたはずなんです。
小さな小さな違和感。
いつにないしょっぱさと言うか。
心の中に浮かんだたった1%の違和感がね、勘違いじゃないことがわかってね。
留美、私の顔を見て、吐きそうになってね、口を押さえてトイレに走って行った。
おかげさまで止まりました。
クラスのみんなは何も言ってこなくなりました。何もしてこなくなりました。
かといって再び仲良くなることはこっちからごめんです。
みんな、私に触れてこなくなりました。危険物です。完全に。

矢島弁護士／法廷

一緒に給食を食べる人はいなくなったけど、被告は楽しかった。
イジメが止まっても文字日記は付け続けたから。
生徒全員の名前にお似合いの文字を重ね書きする。
毎日が充実していたそうです。

そして、15歳にしてある覚悟をしました。それは。

美幸／手紙

私は決めました。

期待なんて糞《くそ》だ。

自分の人生に期待なんかしない。

静かに生きる。

目立たずに生きる。

そうすることが一番、楽しく生きられることだって。

だけどね、そう決めたはずの私にね、また来たんです。

今度は親です。

親は私の覚悟なんか何も知らずに馬鹿な約束を取りつけてきたんです。市役所の市長さんの部屋に飾る文字を私に書かせるってことを。沢山の取材を集めて、市長さんの前で私が文字を書く。

矢島弁護士／法廷

被告は引き受けることにしました。両親のために。

美幸／手紙

私が市長さんの前で文字を書く日ね。

お父さんもお母さんも買ったばかりのこじゃれた服を着てね、市役所の大きな集会室に行きました。

市長さんとか沢山の職員が見てる中でね、縦横1メートルずつの大きな紙にね、私が筆を持って書くんです。

街の発展のために。

だけど、私は街のためにじゃなくて親のために書きました。

自分たちがいったいどういう人間なのか気づいてもらうために。

市長さんがいて、えらい大人達が沢山いて、マスコミもいて。

その前でね。

私は全力で魂を削り書いてあげました。
親に向けて。
二文字。

糞人

3　愛感《あいかん》

美幸のここまでの人生を説明することは矢島弁護士にとっては必要だった。中学時代の経験によって形成された美幸の人格が、後に彼女の人生を少しずつ狂わせる、いや、彼女の人生ゲームを世の人、平均的に生きている人とは違う方向に進ませることになっていったから。

この中学時代の経験が、美幸という人間を作りあげていたから。

矢島は、美幸を見た。辛《つら》かったかもしれない。思い出すことは。

矢島は美幸に「いくよ」と目で合図をして、話し出した。その後の美幸を。

矢島弁護士／法廷

中学時代に前向きな学生時代を過ごせなかった人たちにとっては、高校に上がってからは、人生をリセットするチャンスです。

イジメられていた少年少女がやり直すならこの時がきっかけになったりするものです。

背が高くて中学時代はイジメられていた女子も、急にモテだしたりするのが高校時代。

被告にとっても高校はやり直すチャンスでした。

しかし、中学時代に激しいイジメを経験した人の中にはこのチャンスをいかさずになるべく目立たず生きようとする人もいるのです。

弱冠15、16歳にして、自分の人生に期待を持たなくなるんです。

いかにリスクを少なく生きるか。

被告は市役所の書道事件以来、親からの期待も消えました。

父親も母親も家でほとんど話しかけてこなくなりましたが、逆に被告にとっては生活しやすくなったそうです。

高校では最低限の知り合いを作りました。

また友達など作ると、そのせいで人に期待し、裏切られた時に傷つくから。友達など作るから裏切られるのだ。ならば作らなければいい。

友達などいらない。知り合いでいい。

話しかけられたら話す程度の知り合いでいい。

最初から変わり者だと思われれば、仲間にも誘われないし、仲間にならなければ、逆に仲間はずれにされたり、イジメの対象にもならないからです。

被告は高校に入ってすぐにバイトを始めました。

美幸／手紙

お金を貯めて生きることを人生の一つの目標にしたのです。

居酒屋のバイトを始めました。駅の近くにある人気居酒屋チェーン店です。

居酒屋だったら、中学時代の生徒や高校の生徒が来ることがないだろうと思ったのと、他の店に比べて時給が高かったからです。

ホールか裏方かの希望を取られ、迷わずに裏方、ドリンカーに回りました。生ビールやサワー、カクテルなんかを作る係です。

でも、私はここで大きなミスを犯しました。

恋をしてしまったんです。

矢島弁護士／法廷

被告にとっては人生初の恋です。

期待。

捨てきったはずの、いや、いや、心の奥に埋めたはずの期待が、土の中から勝手に芽を出し始めたのです。

自分の人生に期待しないと決めていたはずなのに、16歳の少女に、恋心を抑えることは無理でした。

美幸／手紙

店には若い女性のバイトがすでに5人いて、私と同時期に2人の女性が新規のバイトとして入りました。

私より1個上の別の高校生と、18歳のフリーターの女子。

正直、2人ともあか抜けていました。日陰か日向《ひなた》で言うと、間違いなく日向で育ってきたのでしょう。

人の目を見て話すことすら出来ない私よりも、他の店員さんの受けは良かったです。

私はただただ、生ビールにレモンサワーにライムサワー、ハイボールに焼酎《しょうちゅう》の水割り、お湯割りと、ドリンクを間違えずに多くスピーディーに出すことにちょっとだけ生き甲斐《がい》を感じていました。

働くとお金がもらえる。ただこれだけで新鮮でした。

ありがたいと思えた。

自分の行動に価値がつくのですから。

居酒屋のドリンカーは私に向いている仕事でした。

あまり人と話さなくていいからです。

まかないの時間もなるべく他の人とかぶらないように取りました。

終わってからもなるべく人と接触しないように帰りました。

人と壁を作りながら生きようとしている私でしたが、こんな私の目を見ようとしてくれる人が1人いました。

私より3つ年上の、藤木《ふじき》太一《たいち》さんという人です。

太一さんは昼は引っ越し屋で働き、夜は週に4日ほど店のホールで働く。早くお金を貯めて、東京で音楽の専門学校に通いたいと言っていました。

ビジュアル系の音楽をやっていて、16歳の私からしたら、3つ年上のバンドマンはとても大人に見えました。

太一さんから漂う香水の香りが私の鼻に届くと、私と住む世界が違うどころか惑星が違う。そんな感じがしました。

みな、ドリンクを私にオーダーするときは素っ気ないです。私も素っ気ないですからね。

なのに太一さんだけは私にドリンクのオーダーを頼むときに「よろしく、美幸ちゃん」と言ってくれました。

私がどれだけ素っ気なく返しても、笑顔でよろしくの一言を忘れない太一さん。

でも、中学時代に期待を心の奥底に埋めた私の心は、そんな挨拶《あいさつ》ごときで揺れません。

笑顔一つ作らず淡々と仕事をしている私に、太一さんは仕事のちょっとした楽しみを教えてくれました。

ある日、ドリンカーの私の耳に顔を近づけて「あそこのカウンターの2人組のサラリーマン、態度悪いから、サワーの酒、濃いめで作っていいから」と指示を出してくれました。

確かにカウンターには店員に上から目線で話してくるタチの悪いサラリーマン。

サワー用の焼酎は安物なので、リクエスト通り濃いめで作ると、サラリーマンは3杯ほど飲んだところで酔いつぶれて静かになりました。

その瞬間、私はなんだか気持ちがスカッとして、ホールにいる太一さんを見ると、私の方を見て、笑顔をくれました。親指も立ててくれた。

親指を立てる人なんか本当にいるんだ。

そう思いました。

居酒屋のドリンカーはいわば客を自在に操れる場所でした。

その日からタチの悪い客がいると、太一さんがドリンカーの私に指示を出してくれる日々が始まりました。

太一さんは私にだけ通じる隠語を作ってくれました。

「レモンサワー、K、と言うと濃いめで相手を潰《つぶ》したい時」

「ビールのU、と言うと、水を入れて薄めてやりたい時」

お前なんか薄いビールで十分だということです。

私と太一さんにしかわからない合図。

1日の中で太一さんの合図があるとなんかワクワクしていました。

矢島弁護士／法廷

会社でもそうです。やりがいを与えてくれる人間に人は心を開きます。人に期待せずに生きていこうと決めた被告ですが、2人だけの秘密を共有している楽しさと、そしてムカつく客に小さな復讐《ふくしゅう》をするという被告にぴったりのやりがいを与えられて、太一さんのことが特別な存在になっていきました。

いや、なっていってしまいました。

美幸／手紙

一度、テーブル席に座った4人のうちの1人の客が、頼んだ唐揚げが来ないと太一さんのことをえらく叱ってました。

私は怒られて頭を下げている太一さんを見て無性にいらだちました。

だから私はあることをやってやったのです。

お客が帰ったあとに、太一さんに言いました。「あの人たちの飲んだビール、全部、Dしておきましたから」。

太一さんは「Dって何？」と聞いてきたので教えました。
「私の唾液《だえき》です」
太一さんがどんな感想を言うのか興味があったのです。
もしヒカれてしまっても仕方ないと思っていました。
だけど、この人は喜んでくれるんじゃないかと思えた。
その通りでした。
太一さんは爆笑しながら言いました。「店員としては最低だけど、女としては最高」
と言って頭の上をポンポンと2回優しくたたきました。
「女としては最高」
女と言われたのはこの日が初めてかもしれません。
そうだ。私は女なんだ。
太一さんは男で私は女。
女と言われたことに私はドキドキしました。
そして、優しく頭を2回たたかれた時のあの手の感触。
長いことかかっていた催眠術がとかれたかのような気持ちになった。
これが恋なのか？
いや、恋のわけがない。

自分の中で思い浮かぶ恋の文字を、黒板に書いてはすぐに黒板消しで消すように頭の中で繰り返す。

太一さんはその日の帰り、「今日、よかったらご飯行かない？」と言ってくれました。

矢島弁護士／法廷

決して高くはありませんが、田舎では精一杯のおしゃれなイタリアンだったそうです。

被告は16歳のこの日に人生で初めてワインというものを、アルコールを飲みました。

被告は太一さんと、今まで来たムカつく客のことを話して盛り上がりました。

時間はどんどん過ぎていく。

気づくともう家に帰るバスはなくなっていた。

家には遅くなったから友達の家に泊まるとだけ電話をしました。

たとえ心配しようが被告とあまり会話を交わすことを好まない母親は早めに電話を切ったそうです。

そして太一さんに言われるのです。「うちで飲もうか？」と。

美幸／手紙

太一さんの部屋に行きました。

初めての男性の部屋でした。

黒い家具で統一された部屋。

指輪やシルバーアクセサリーがガラスの灰皿の上に置いてある。

太一さんが憧《あこが》れているロックバンドのポスターが貼ってありました。

バニラのお香の香りがしました。

6畳の部屋。

部屋の中には洗濯されたTシャツと下着が干してありました。

太一さんは、私の視線が下着に行くと「ごめん」と恥ずかしそうに下着を取って隠しました。

紫色のビキニブリーフ。今でも目に焼き付いています。

大人になるとこういうところに1人で暮らすんだってドキドキしたりして。

太一さんはベッドの上に座りました。

緊張して座ることすら忘れている私を見ると、太一さんは「こっち来なよ」と言います。

こっちってどっち？

戸惑いが連鎖する私の手を太一さんは取りました。エスコートされるかのように私が太一さんの横に座りました。

人1人分くらい入る隙間は残して。

太一さんは「もっと近づきなよ」と言いました。なので、5センチほど近づきます。

「もっとこっち」と言うのでさらに5センチほど近づきます。

それをあと2回繰り返すと私と太一さんの体は密着しました。

その後に言ったんです。「もっと近づきなよ」と。

私が「もう近づけません」と返すと、太一さんは「出来るよ」と言って私の目の前に太一さんの顔がありました。そして唇が重なりました。

キスです。

人生初めてのキス。

唇が重なって初めて気づきました。

人ってそれぞれ体温が違うんだなって。

私の閉じている唇を太一さんの舌がこじあけて絡んできました。

太一さんの舌が私の口の中で泳いでました。

唾液の粘度。温かさ。

舌のやわらかさ。

舌は物を食べるためだけにあるのではないのだという驚き。

体がお地蔵さんみたいに固まっている私の両肩に手を乗せて、太一さんは私をゆっくりと倒しました。


16歳と3か月。


私は処女を太一さんに捧《ささ》げました。

初めては痛いというけど。

もちろん痛みもあったけど。

太一さんが私の下着に手を入れた時に、

「処女なのに超濡《ぬ》れてんじゃん」

そう言った言葉が忘れられません。

裸で太一さんを抱きしめている時に一つになれている気がしました。

体で相手の体温を受け止めることがこんなにも嬉《うれ》しいことなんだと。

太一さんと一つになっているだけで。

中学で天才書道少女と言われた後に失ったもの全てをこの腕の中に入れられた気がして。

取り戻せた気がして。

結局、誰か1人でいいんだ。

1人でいいから、私をこうして抱きしめて、私にしか見せない顔を見せて声を聞かせてくれる人がいればいいんだと。

涙が止まりませんでした。

太一さんは私の涙を見て「痛いのか？」と聞いてきたけど、私は「痛くないんだ。嬉しいんだ」って何度も言った気がします。

太一さんはね、私のことを抱きしめながら息が激しくなって、居酒屋で働いてる時には見せない顔を見せてね。その顔を見てたらもっとキツく抱きしめたくなってね。

そのまま太一さん、電池が切れたロボットみたいに、私の上に倒れてきてね。

そしたら、私のお腹の中に温かさが広がってね。

その温かさが体全体に走っていく感じがしてね。

愛感。その言葉を思い付いた。

愛を感じるから愛感。

恋を飛び越えた愛。
これが私の初めての恋であり愛。
処女喪失。

矢島弁護士／法廷

それから2日あけて、被告はバイトに出ました。
ずっと太一さんのことばかり考えていた被告。
でも、その日は太一さんはバイトに入っていませんでした。
仕事中も太一さんのことを思い出して、笑みがこぼれる被告。
そんな被告のところに近づいてきた1人のバイト。
店で働いて2年になる、美香《みか》さんという女性。仕事にとても厳しく、マジメです。
おそらく美香さんは太一さんに恋心を抱いていたのではないかと思われます。
美香さんは、被告が1人でまかないを食べているところに来ました。
被告を見ると、大きなため息をつき言いました。
「もう、やめたほうがいいよ、ここのバイト」
美香さんの目が、中学の、あの和希さんの目に見えた。

久々に耳の奥にノイズが走りました。

美幸／手紙

やめたほうがいいって、美香さんがなぜ、私にそんなことを言ってくるのかわかりませんでした。

一つ、心当たりがあるとすれば、太一さんと私が仲良くしていることへの嫉妬《しっと》。また、嫉妬。だからハッキリと言いました。「私と太一さんが仲良くしてることへの嫉妬ですか？」。

美香さんは「あんた馬鹿だね」と言って、目の奥だけが冷たく笑っているように見えました。

時間が止まってほしかった。この先に、私にとっては絶対プラスではないなにかが起きる気がして。

美香さんはポケットから携帯を出すと、メールを見せてくれました。

送信者は太一さんとなってます。

美香さんに送るはずじゃなかったメール。「太一君、ホールの三好《みよし》に送るつもりで酔っ払って間違えて私に送ってきたんだよ」

そのメールを見ると、書いてありました。
「ヤレル女ダービー1位！　五味美幸に見事決定！　俺に勝利者賞、1万円よこせよ」
写真が添付されていました。私が初めて処女を捧げた時の写真。
ベッドの上での私の顔。胸。
そして結合部分。
メールの最後にはこう書かれていました。
「しかも処女でしかも中出ししたからプラス5千円な！」
耳の中のノイズがどんどん大きくなっていきました。
美香さんは私のリアクションを楽しんでいるかのように説明してくれました。
ホールの男性バイトで新しく入ってきたバイトを誰が一番早くヤルか賭《か》けていたと。
「あなたは見事賭けの対象になったの」
私が馬鹿だったんです。
期待なんかしちゃいけないってあれだけ分かったはずだったのに。
あれだけ中学の時に痛い目見て感じたはずだったのに。
世の中には期待していい人生と期待なんかして生きちゃいけない人生があるんだ。
私の人生は期待なんかしちゃいけないんだ。

静かに生きてなきゃいけないんだって。

太一さんに抱かれた時のぬくもりまでもが記憶の中でリプレイしてきて、息苦しくなっていって、私の口の中で太一さんの舌が泳いでる感覚もよみがえってきて、悲しみが自分への怒りになっていって、私は食べていたまかないをすべて床に戻してしまいました。

嘔吐《おうと》。

涙。

そこで、また漏らしました。

記憶を消せない代わりに体がすべて吐き出そうとしていたのかもしれません。

バイトのみんなが私を見て心配して、近寄ってきます。

「美幸？」

「美幸ちゃん？」

「美幸さん？」

美しい幸せを願ってつけられたはずの私は、嘔吐まみれ、涙まみれ、小便まみれのまま床にうつぶせになりました。

耳をおさえても、耳の奥のノイズはどんどん大きくなっていき、私の頭の中を駆け巡っていきました。

ノイズのボリュームは、ただ上がっていくばかりです。

矢島弁護士／法廷

彼女の中でノイズは激しくなっていき。
被告はその場で頭を押さえたまま倒れました。

美幸／手紙

あの日から1週間の記憶がありません。

4　惨酷《ざんこく》

矢島弁護士は被告席にいる美幸を見て、ゆっくりと笑みを投げかけた。

「ここまでは間違いないですよね？」

美幸は矢島の横にいる女性を見つめたあとに、再び矢島を見てゆっくりとうなずいた。

ここまでの自分の人生に対して、間違いはなく全て真実であると。再び矢島が喋《しゃべ》り出した。

矢島弁護士／法廷

被告・五味美幸は高校を卒業後、専門学校に入りました。そこで、ワードやエクセル、パソコン関係の資格を多く取得。
卒業後、彼女を採用したのは、タレントプロダクション「GSカンパニー」。

彼女はここで働き始めます。

俳優・女優プロダクションといっても、エキストラ俳優を再現ドラマなどに送り込むのが主。

被告のここでの一番の仕事は、この会社で契約する俳優・女優・エキストラのプロフィールを作ること。テレビ局や映画会社に売り込むためには、この資料が必要になります。

エキストラ1人ずつにプロフィールは作らなければならない。

被告の作ったプロフィール表は細かくわかりやすく、評判が良かった。

彼女はここで他の人と交わることなく、ただ毎日、資料作りに明け暮れます。

このGSカンパニーでエキストラではなく、実際に俳優として、仕事が出来ているのは3人ほど。

その1人に若手俳優の七海新がいる。いや、いました。

七海新は、被害者の夫、星野《ほしの》雄星さんの深い友人でもあります。

美幸／手紙

こんな私を雇ってくれている優しい会社、「GSカンパニー」。

ここに入ってからの私は、文字日記が楽しくなっていました。

人の顔にね、文字が見えてくるんです。

その人の性格というか、持っているものというか。それが顔に文字で見えてくる。

私はその文字を日記に書いていく。

後藤《ごとう》社長の顔にはね、書いてある。「自信」。

大木《おおき》部長の顔に書いてある文字はね「泥濘《ぬかるみ》」。

山野《やまの》主任の顔に書いてある文字はね「男汁」。

山野主任と不倫してる橋本《はしもと》さんの顔に書いてある文字はね「粘液」。

高木《たかぎ》さんの顔には「蛇腹」。

新藤《しんどう》さんの顔には「強欲」。

新入社員の石原《いしはら》さんの顔には「熱塊」。

でもね、男性社員、これはうちの会社の人だけじゃなくてね、スーツを着てネクタイを締めている男性のほとんどの顔に浮かんでいた文字はね「我慢」。

満員電車の中でも「我慢」、会社でも「我慢」、居酒屋でも上司に「我慢」。我慢、我慢、我慢、沢山の我慢があふれていてね。日本は我慢大国。毎日が我慢選手権なんですよね。

この会社で働いて8年目に、雄星さん、あなたと出会った。あなたも出会った時から顔に書いてありましたよ。「我慢」。

雄星／取調室

五木《いつき》監督の映画のオーディション、合格するのは絶対俺だって思ってましたよ。

っていうかこんな話まで言わなきゃダメなの？

うん。そうだね。合格するのは七海じゃなくて俺だと思ってた。絶対に。だから信じらんなかったっす。

七海が合格したって聞いた時には。

なんかの間違いだと思った。

あそこからなんか狂ってきたんだよな。

あの映画落ちたあたりからさ、俺の他の仕事もなくなり始めてさ。

っていうか、会社が俺と七海の2人に入れてた仕事を七海一本に絞ったんだろうなって思った。

会社が正式に七海を推す。俺を切り捨てる。

俺の仕事のレベルも下がっていったの、すぐに気づいたよ。

台本に名前が載らない役も回されたり。

給料も露骨に減っていったよ。

自分が落ち始めてんのかなって覚悟したのは、前の家の家賃が払えなくて、安い部屋に引っ越すって決めたとき。

え？　本当は役者続けてく気でしたよ。事務所も移ろうかなって。

七海は映画の仕事決まってから、どんどんいい仕事決まり始めてたし。

運がいいんだよ。あいつは。運。それだけ。今だって思ってる。

芝居だって俺の方が絶対うまいと思うよ。

だけど、仕方なかったんだよ。

え？　勘違いしないでよ。俺は夢諦《あきら》めたわけじゃないよ。

一旦《いったん》休止してるだけ。

今は生活のために自分の人生を立て直しているだけだから！　ＧＳカンパニーで！

五味美幸？　間違いないでしょ。俺を最初に見たときから惚《ほ》れてたんだよ。

最初に会ったときから俺の顔、じっと見てたもん。

わかってたんだよ、俺。あのときに俺に惚れたの。

美幸／手紙

こんなことを本人宛ての手紙に書くのは失礼ですが、もしかして勘違いされてる節もあるかもしれませんので、ハッキリ書かせていただきます。雄星さん、私はあなたの顔に惚れたわけではありません。

もちろん、うちの会社で俳優として働いていたときから知っていましたよ。あなたのプロフィールを何度も打ち直したことありますから！

俳優としてうまくいかなかったあなたが30歳になって、うちの会社でマネージャーとして働くことになって、事務所に来た日のこと、覚えています。

あなたのデスクは私の近くになって。覚えてますか？

気まずそうに私に笑顔で会釈してくれた。

居場所がなさそうで困ってましたよね。そのときね、私は思ったんですよ。

かわいそう。いや、可哀想。

雄星／取調室

だから役者辞めたわけじゃないんだって。

とりあえずの何年間かは。3年は。

ぶっちゃけ他の仕事も考えたよ。

だけど、他で仕事って言っても、俺東京来てからまともな仕事に就いたことなかったし。

うちの社長も言ったし。「他で働くよりはいいと思うぞ」って。

働き始めて2秒で後悔したけど。

でも、仕方ないよね。今はね。ここはゴールじゃない。スタートだから。

神様見てるから。

美幸／手紙

あなたのことは毎日見ていましたよ。

使ったことないパソコンでメールを覚え、ワードとエクセルを覚え、打ち間違いがあれば、怒られて。

上司の村上さん、元々はあなたのマネージャーさんだったんですよね？

雄星／取調室

村上のやつ、本当に腹立つんだよな。こんなところでごめんなさいね。グチになるけどさ。俺、グチるの嫌いなタイプだけど、ここでは言わせて。

あいつさ、確かに年齢的には俺より5個上だよ。だけどさ、俺のマネージャーやってたんだよ。マネージャーやってた頃は、すげーいいやつだなと思ってた俺が間違いでした。

俺がマネージャーを始めた時から態度コロッと変えやがってよ。

俺がスタッフで働くって決まった日からだよ。敬語やめやがってさ。

分かりやすすぎない？　人間として。それが村上ってやつなんだよ。だってさ、それまでは「雄星さん」って呼んでたのが、働いて1か月たったら「雄星」で、2か月たったら「馬鹿」だよ。

美幸／手紙

村上さんのあなたへの当たり方は異常でした。村上さんはね、雄星さんが事務所で働く前はあんな人じゃなかったんですよ。

中学の友達、奈美も留美もそうだったけど、変われるんですよ。人って。

なんか目覚めちゃったんでしょうね。

ターゲットが見つかると変わる。

自分が自分の中にだけため込んで処理していたストレスの吐き出し口を見つけてしまったんですよ。

村上さん、わざとみんなの前で怒ってましたよね。「もう俳優さんじゃないんですよ」とか言ってる感じで、ファイルで頭を小突いたり。

雄星さんが一生懸命打ち込んだ資料に誤字を見つけると、その資料を床に叩《たた》きつけたり。

雄星さんが作った資料を見ている村上さんの目は、いい資料が出来たかチェックしてるんじゃなくて、誤字を見つけるためにチェックしていた。

毎日退屈だった仕事の日々に、あなたをイビるという楽しみを見つけてしまったんですよね。

気づいちゃったんですよ。

こんな狭い会社での新しい生き方に。

新しい自分に。

自分の中に芽生えてなかった感情に。


中学の時、私をイジメるという感情に気づいたあいつらみたいに。

最初は、こないだまで俳優目指していたあなたが、なんでここまで我慢してるんだろうって不思議でした。

村上にキレてしまえばいいじゃないですか。

会社なんか辞めちゃえばいいじゃないですか。

あんな奴に怒られてせこせこ給料なんか貰《もら》うよりも、俳優で売れることを夢見て貧乏暮らししてる方が人として幸せじゃないんですか？

でも、分かりましたよ。雄星さん。

あなたの携帯の待ち受け見えちゃいました。

その時に結婚してたんだって気づきました。奥さんがいるんだって。

ちょっとお腹が膨らんでいた奥さん。

あなたが俳優の夢を諦めて、働かなきゃいけなくなった理由。

奥さんとお腹の中にいるお子さんのためだった。

だから文句も言えなかった。

本当はすぐにでも村上さんのメガネかち割って、いまどき流行《はや》らないオールバックをかきむしって、殴って会社を出ていきたかったはずです。

でも、出来なかった。

雄星／取調室

でも出来ないよな。

昔の俺だったらやってたけど。

知子《ともこ》の腹の中には子供いるしさ。今、この仕事辞めたって、その収入分が保証できる仕事なんてねえしさ。

だから耐えて耐えて耐えまくりましたよ。村上のイビリ。

お宅の上司にもいないの？　村上みたいなやつ。

我慢し続けて生きてきた人間って怖いね。

ああなるんだね。明らかに仕返しだもん。俳優時代にわがまま言ってた俺への。水買ってきてって言って、エビアン欲しかったのに、ボルヴィック買ってきて、すっげー怒ったこと。

次にボルヴィック買ってきて、俺は常温派なのにキンキンに冷えたやつ買ってきてすっげー怒ったこと。

そんな細かい怒りが俺への恨みのガソリンになったんだろうけどさ。

惨め？　惨めだとは思わなかったけど。

美幸／手紙

村上さんは雄星さんを「教育」してるという正義を持ってるつもりみたいだったけど、あれは教育じゃない。

教育の服着たイジメですよ。

明らかにイジメ。

私、分かるんですよ。

私もある日突然イジメられた身ですから。

でもね、学校の時と違うのはね、会社だとお金を貰うんですよね。

イジメられてお金を貰う。

どっちが悲しいんだろう？

学校でただイジメられる。

会社でイジメられてお金を貰う。お金を貰ってるから割り切れるって問題じゃないですよね？

お金を貰ってイジメられてるからよりむなしい。

職業が「イジメられ」になるんですよね。いや、あえて「職業：虐《いじ》められ」と書かせてください。

朝から晩まで苦手なパソコンに向かって作った資料を、誤字がちょっと見つかっただけで、シュレッダーにかけられて。プライドが細かく切り刻まれていく感じがしてね。

俳優目指していてプライドの塊だったあなたがね、虐められとして一生懸命プライドを捨てて働いている姿を見てたらね。

なんか胸がキュンとしてきました。

雄星／取調室

ぶっちゃけ、惨めな気持ちになった。

しょうがないよ。でも、どうにもなんなかった。

生きてることがこんなに窮屈だって感じたの初めてだったよ。

村上と一緒にいる時が息苦しくてたまんなくてさ。

嫌いになってくと一挙手一投足、全てがムカつき始めるんだよね。

村上の仕草全て。

特にコーヒー飲む時。

部下の人がコーヒー淹《い》れてくれてさ、置いてくでしょ？　一口飲んで、うまかった時は、親指立てて、グー！　ってやんだよ！　グーってなんだよ！　古いよ！「俺は相当なコーヒー好きだから、俺の口を納得させるコーヒーを淹れるやつはそうそういない」って偉そうに言ってた。知るかよ。

村上が納得するコーヒー淹れられるのは、あいつだけだった。五味美幸。

村上言ってたもん。「あいつの淹れるコーヒーだけは違う」って。

そういえばよくやってたなって。グー！　って。

でも、村上がグーってやろうが五味美幸、全然表情変えねえの。

なんかさ、そういうところも怖かったんだよ。あの女も。

でもさ、たまに目が笑うんだよ。村上に分からないように。

絶対あいつなんかしてたんだよ。村上に。

美幸／手紙

村上さんに虐められている雄星さん、あなたを見てるとね、中3の時突然イジメられて困惑している私を見ているみたいでした。

多分、あの時の私もあなたと同じ目をしていたんだと思います。

そう思った時が始まりでした。

あなたのことを無性に応援したくなったんです。

村上さんがね、私のことをイジメていたやつらに見えてきたんです。

和希、奈美、留美。

この気持ちは何か考えました。

何か一文字で答えろと言われたら、これが「愛」ってやつなのかもしれません。

もしくは自己満足。

でも、「愛」という字の字源は「すり足でそっとすりよって心を届ける」。

恋じゃないですよ。

たぶん最初はね、あなたを見て。

哀感。

哀しさを感じる哀感。これだった。

それがいつの間にか、愛感。

それに変わってたのかも知れません。


その日は仕事が手につかなかった。中3の時のあの気持ちがね、タンスの奥から引っ張り出した洋服みたいにね、出てきてね。

あの気持ちっていうのは、どの気持ちかっていうとね、あの気持ちです。

あの気持ちを思い出したくなってね、やらずにいられなかったんです。

家に帰ってバケツに水と氷を入れました。

かなり冷えた頃にね。

その中に入れたんです。右足、入れてみたんです。

あの時と同じ気持ちを思い出す為に。

そしたらね。やっぱり。

やっぱり思い出した。体が。

その証拠にね、漏らしましたよ。

下半身から。

だからね。
だからねっておかしいんだけど。
だからね。
私、村上に小さな復讐《ふくしゅう》をしてやることにしたんです。
雄星さんが出来ない代わりに私がやるしかないって。
復讐代行ですよ。
久しぶりです。
生き甲斐《がい》ってすごいですね。生きる甲斐って書くだけあります。
生きた心地がしました。
村上にどんなことをしてやろう。どんな復讐をしてやろう。
考えました。何個も何個も。
そして。
まずはあいつに気づかれずに復讐することからしてやろうと思いました。
あの人が大好きなもの。コーヒーです。

矢島弁護士／法廷

被告は他の人よりも舌が敏感です。そのため被告が淹れるお茶やコーヒーをうまいと思ってくれている会社の人は多かった。

しかし、基本、データ打ちの仕事が忙しいので、お茶淹れは気が向いたときにしかやりません。

なのに、被告は復讐を決めた日から、しばらくは村上さんにコーヒーを淹れては置いていった。

小さな復讐の為に。

美幸／手紙

一番最初の復讐。

コーヒーを薄めに作ってやりました。アメリカン、いや、スーパーアメリカン。

村上は馬鹿だ。私が作ったコーヒーというだけでうまいと認識して飲む。疑うことなく。他の人より薄めに作ってるっていうのに。

次の日は他の人はデパートの高級コーヒー豆。

村上のだけ激安インスタントで淹れてやった。

小さい、あまりにも小さすぎる復讐。

村上は全然気づかない。自分のだけ激安インスタントで淹れられてるということに。

私はその姿にほくそ笑んだ。

小さな復讐を始めるとね、やっぱりね、思った通り。

もっと大きな復讐をしたくなる。だからね。

ある日は、コーヒーに醤油《しょうゆ》を垂らしてやった。

村上はなにも知らずに口に入れて、私に向かって親指を立てて言いましたよ。「今日のはコクがある」って。

馬鹿です。


コーヒーに醤油は3日で飽きました。

今度はコーヒーにウスターソースを入れてやった。

さすがにこれはバレるかと思いましたが、またもや私に向かって親指を立てて言いましたよ。「今日のは深みがある」って。

本当馬鹿です。

何かを足すだけじゃ私の復讐心は満足出来なくなってね。

給湯室のシンクの三角コーナーに捨ててあったコーヒーの粉でコーヒーを淹れたこ

ともあった。

さすがにこれは味の低さに気づいてバレるかもと思い1日でやめ。もうちょっと違う復讐の仕方をしてやるようにしました。

村上専用のコーヒーカップ。

誕生日プレゼントで経理の子から貰《もら》ったとご機嫌でしたが、村上は気づいてないんですね。

部下が上司に会社で使えるカップなどを贈る場合、毎日使うために会社に置きっぱなしになるから、部下はたいてい、そいつのカップだけ、シンクを洗うスポンジで洗ったりするんです。

雄星さん、会社でコーヒー飲むときは紙コップのほうがいいですよ。

ちなみに、私はシンクのスポンジなんかじゃないですよ。

灰皿を洗うためのタワシでこすってやりました。

ニコチンまみれのタワシであいつのカップをゴシゴシしてやった。

もちろん、一度Dは考えました。

この手紙にも書きましたよね。居酒屋でビールにDと言えば、そう、唾液《だえき》です。でも、あれは高校生の頃の私が考えたもの。そんな幼稚なものでは納得出来ません。

もっと高度な復讐を考えたくなる。

そんな私の目に入ったのは、給湯室に置いてある雑巾《ぞうきん》。

雑巾を絞って、コーヒーに入れるなんてことも考えましたが、定番過ぎて楽しくありません。

私の復讐には想像力が必要なんです。

クリエーターなんて人がいるけど、復讐こそクリエーティブです。

考えに考えたコーヒーでの最後の復讐。

雑巾用のタオルを100均で買ってきてね、水で濡《ぬ》らして、スーパーで買ってきたシメジをそのタオルで巻いて、給湯室の一番上の棚の奥に隠すように潜ませておくの。

そうするとどうなります？

そうです。

そのタオルにシメジのキノコ菌が繁殖してね。

うじゃうじゃキノコ菌が1週間ほどで繁殖してね。

小さなシメジが生えはじめる。タオルの臭いはかなりキツいですよ。

さあ、ここからです。

シメジの生えたキノコ菌が繁殖した雑巾をブラックコーヒーの上でギュッとひねる

と、キノコ菌汁がたらたらと入っていくんです。

1週間手間をかけたキノコ菌入りのブラックコーヒーを村上に出してやりましたよ。村上が口をつける瞬間、おしっこ漏れそうだった。

私のおしっこをつけた縦笛を口に付けた和希の顔を思い出した。

キノコ菌入りのコーヒーを飲んだ村上はね、眉間《みけん》にしわ寄せてね。

私見たの。ヤバイかもって思った。

だけど村上は、親指立てて言ったの。「これ、いい豆でしょ」って。

コーヒーの復讐はこれにて終了。もし村上の体調に何かあったら怪しまれますから。復讐しながらも相手の体調を心配するなと言われそうですが、相手の健康なしでは復讐は出来ません。

コーヒーでの復讐をやめて他の復讐を考えました。

復讐クリエーターですから。

コーヒーの次にやったのは、村上のデスクの上のホッチキスを青い物から赤い物に変えました。村上のデスクの位置には、風水的に赤いものがよくないと分かったからです。

こんなことして意味があるかなと思いはしましたが、色々試してみないと新しい復《ふく》讐《しゅう》は生まれません。

やってみてよかったです。

ホッチキスを赤にした初日に村上、会社のエレベーターに挟まれて鉄の部分に額を打ってパックリ。

病院行って、縫ったんですよ。ホッチキスで。

こういう偶然を必然と結び付けるのも復讐の楽しみ方の一つでした。

でもね、ごめんなさい雄星さん。

コーヒーの嫌がらせしてる時から私、あることに気づいたんです。

コーヒーで嫌がらせしても、私が楽しいだけで雄星さんはこれっぽっちもスッキリしない。

私の行った復讐で、雄星さんに幸せが訪れないと意味がないじゃない。

反省しました。私は復讐代行人なんだって。

復讐の方針を変えました。

私が復讐した結果が雄星さん、あなたの目に映ることを考える。

だから、村上に直で不幸が降りかかる方向にチェンジしたんです。

気づいてくれましたか⁇

雄星／取調室

村上、デスクでイラつくことも多くなったんだよ。

ある時、いきなり頭縫ったりしてさ。もしかして、あいつの周りに死神でもいたりして？

いや、いたとしたらやってることがセコすぎるわ。

でもさ、なんかあいつ微妙に運が悪くなったっていうか。神様がイタズラでフッて息吹きかけてるようなっていうか、まあ、とにかくイラつくようなことがデスク周りで色々起きてさ。

しかも、それ、俺しか気づかないようなことなんだけど。だから俺、特等席で、いつも横目で見て、ざまみろって思ったね。

だけど、たまに俺が笑ってるの見つけるとめっちゃキレんだよ、あいつ。

自分のせいなのにさ。

でも、正直、あいつがイラつくようなこと起きると、気持ちよかったな。

美幸／手紙

村上はパソコンが苦手です。そこを利用して小さな復讐を行うことにしました。パソコンを通して、村上をイライラさせてやる。そう考えたんです。村上がデスクにいないすきに、ちょっとキーボードを触るだけで、パソコンは思い切り使いにくくなります。

最初にやったのは、村上が会社に来る前に、設定を変えることでした。15秒で出来る復讐です。

「Ａｌｔ」を押しながらカタカナひらがなローマ字ボタンを押すと、ローマ字入力がかな入力になるんです。ローマ字入力だった村上は小さなパニックです。でも、残念なことにそれは近くにいる経理のエミちゃんに頼めばすぐに直ってしまいます。

まだ続きます。

シフトキーと「Ｃａｐｓ Ｌｏｃｋ」キーを同時に押すと、入力する時に、アルファベットが大文字になってなんか気持ち悪い。

村上、キーボードを押す度に微妙な気持ち悪さを感じていたようですが、これも経理のエミちゃんに助けられました。

こんな方法もあります。

ローマ字打ちの設定を変更することができます。意外に使う「つ」の文字。普通は「TU」と打ちますが、「TSU」と打たないと「つ」が出ないようにしてやったり。「つ」が出ないって結構困ります。村上、「つ」が出ないと困った様子でこれも経理のエミちゃんにヘルプ。

こんな技もあります。

「PrtSc」。プリントスクリーンというキーがある。「Alt」を押しながらこのキーを押すとその画面をまんまコピーすることが出来るんです。だから村上がトイレ行ってる隙に、ワードの白紙の画面をコピーして、それをワードの画面の上に貼る。そうすると、村上がどんなにキーボードを叩《たた》いても、ワードの画面に文字が出てこないから、これは結構なパニック。エミちゃんにあたってました。

プリントアウトする時の設定も変えてやりました。

プリントの設定は通常はA4サイズですが、葉書サイズに変更。だからあいつがプリントアウトすると、A4サイズの紙に葉書サイズでしか文章が出てきません。直し方が分からず、会議に出したあいつの資料が、A4サイズの紙に葉書サイズになっていたので、部長に怒られていました。

ざまを見ろです。

もうちょっと厄介な設定チェンジもしました。

マウスです。マウスの設定を右利きから左利きに変えてやりました。だから右クリックと左クリックが全部入れ替わる。これには経理のエミちゃんもさすがに頭を悩ませました。説明書を見て、わざわざネットで設定の変え方まで見て直してましたから。

単語登録機能も使えました。

一番使うであろう言葉。「かいぎ」と打つと「うんこ」と変換されるように登録しました。あいつが会議と打ったびに「うんこ」と出ます。だからあいつが「会議」「会議は2時からの予定です」「会議室の予約をします」と打とうとすると、「うんこ」「うんこは2時からの予定です」「うんこ室の予約をします」と。うんこだらけ。村上、エミちゃんに「うんこばっかり出るんだけど」という顔でかなりイラついてました。

キーボードを直接いじって復讐です。

キーボードの文字のキーは1個ずつ、簡単に抜くことが出来ます。村上はブラインドタッチが出来ず、キーをみながら打ちます。なので、AとOを逆にするだけで、「俺」と打つと「あれ」と出てくる。「社長」と打つと「所長」と出てくる。「会議」と打つと「鯉議」と出てくる。またもやパニック。

もっともハードなやつも実行。アイコンをゴミ箱に移動させました。

アイコンが画面から消えた村上、エミちゃんに怒って「俺のアイコン、どこ行ったの」とまるでエミちゃんがアイコンを盗んだみたいなイラつき方を見せました。

もっとイライラさせなきゃ。そう思って、こんな技も考えたんです。

一番使うキー、エンターキーを一度外して、噛《か》んだガムを小さくちぎって、キーとキーボードの接触部分に入れます。

するとね、1ミリくらいエンターキーが浮くんです。見た目には分からないんですけど、それでエンターキーを打とうとすると角度によっては打っても反応しない。これにはかなりイライラしてた。エンターキー3回打っても反応しなくて、怒っちゃって。結局エミちゃんに怒鳴ってた。

でもさすがエミちゃん、エンターキーが浮いてることに気づいて修理。

エンターキーも直ったら、次の手段。

朝来て、会社の床を掃くと小さなチリが集まるの。それをね、村上のパソコンのキーボードにばらまくの。するとね、1回じゃ変わらないんだけど、何日か続けるとチリがキーボードの間に入っていって接触しないキーが出てくるの。押しても押しても反応しない。

村上、イライラしてたな。エミちゃん、また呼ばれてた。さすがのエミちゃんもお手上げ。キーボード買い替える始末。

村上、イライラしてエミちゃんに怒ってね。「俺のパソコンだけどうなってんだよ」って。

でも、そこで気づいたの。

私ね、村上じゃなくてエミちゃんに迷惑かけてるだけじゃんって。

ごめんエミちゃん。

エミちゃんに復讐《ふくしゅう》したいわけじゃなかったんだよ。

村上でいいんだよ。

村上に復讐して、小さな不幸が訪れる姿を雄星さんに見せてやりたいんだよって。

だからやり方を変えたの。

村上のエンターキーに私の鼻くそをつけてやった。

村上、私の鼻くそがついてるって知らずに何度もエンターキー押してるの。押すたびに、鼻くそ、鼻くそ、鼻くそ。

でも、私は気持ちいいけどね、これじゃあまた誰も気づかない。


ご安心ください。これは決戦のスタートでした。

私だけの楽しみもほしかったんです。

ごめんなさい。

でも、この事実をこの手紙で知って、雄星さん、いろんな記憶の点がつながって線になって、嬉《うれ》しかったですよね？　そうです。思ったでしょ？　ざまみろって。

矢島弁護士／法廷

被告の村上さんへの小さな復讐、執念深い嫌がらせは続いていきました。
それが被告の、会社での生き甲斐《がい》にもなっていきました。

美幸／手紙

ある朝、村上のデスクのキャスター椅子のネジをちょっと緩めたんですよ。村上の椅子、ちょっと動かすたびにキーキー鳴ってうるさかったはずです。ちょっと椅子を動かすたびに周りが村上を見てたのがその証拠。社長が村上を見て、「うるせーぞー」って顔して怒ってたもんね。

デスク周りは徹底的に攻めました。村上のデスクにあったボールペンのペン先に全部接着剤付けてやったの気づきましたか？

村上、何本書いても全部書けないでやんのね。雄星さん、そのとき、クスッて笑ってましたよね。

あの時嬉しかった——。雄星さんの喜びが私の喜びに変換された気がして。

あとね、村上のデスクにあったメモを3枚ずつノリでくっつけてやったの。だから1枚剝《は》がそうとするたびに、3枚ビリッて破れてやんの。

紙袋での復讐は気づいてましたか？

村上はテレビ局をまわって営業するのに、資料を大量に紙袋に入れて持っていくこと多いですよね？　だから常に紙袋が10枚くらいデスクの横に置いてありましたよね？

あれです。あの紙袋の底に、こっそりカッターで薄く切れ目を入れてやったんです。だからおそらく、資料を入れて電車で移動してる途中に中の資料が全部落ちちゃって手で持っていくことになったはず。

デスク周りの攻めにも飽きてくると、もうちょっと手の込んだ復讐もしてやったことあるんですよ。

やってはいけないと思っていましたが、村上の肉体に復讐を行う。

やってしまいました。コーヒーです。でも、もう味が変わるものを入れるとかしませんでしたよ。

ネットである薬を買ったんです。凄《すご》い効くと噂の勃起薬《ぼっきやく》です。12錠で1万円以上もするんですよ。効き目抜群だって書いてありました。

私、飲まないですよ。

その薬をね、粉状にして、村上のコーヒーに入れるんです。その薬の名前はね「硬長先生」って言うんです。そうです。「校長先生」とかけてるんでしょうけどね。こういうダジャレなネーミングのものはすごく効果があるかインチキかどちらか?

でも、さすが硬長先生。前者でした。

その日、私が村上のコーヒーに「硬長先生」を3錠入れて出すと、当然気づかず飲み干しました。

昼から外回りのある日を狙いました。狙いはバッチリ。30分経ったら、椅子から立たなくなったんですよ。

前かがみになって何度かトイレに行ったんですけどね。ズボンの前が膨れちゃってて。あれじゃ外回りに行けませんよね。悶々《もんもん》としちゃって。

あれはナイス復讐でした。

でも、残念なことは、雄星さん、あなたが気づけなかったことです。デスクから動けない村上のことを心配してましたよね？　だけど、勃起してるだけだから、心配した雄星さん、怒られちゃって。申し訳ないことしました。

また私の悪い癖が出た。つい自分の気持ちで動いちゃう。

自分だけ楽しんでたら復讐クリエーターとはいえません。でも、硬長先生の復讐はアイデアは悪くないのでよかったらどこかで使ってください。


他に私が行った村上への復讐。

あいつの歯ブラシで排水溝を洗う。

村上のデスクの電話の線がたびたび外れていたのも、あれ、私です。

家の近所に住みついてる猫の小便をスポイトですくって、霧吹きに入れて水で割って、あいつのパソコンに吹いて微妙な異臭騒ぎをさせたのも私。

ほら、また悪い癖。自分だけ楽しむものが増えちゃう。


雄星さんも絶対に覚えてる復讐、ありますよ。私の復讐の傑作、DM《ダイレクトメール》作戦。あの日ですよ。村上のもとに卑猥《ひわい》な悪趣味なDMが続々届きましたよね？　AVとアダルトグッズのDM。ロリコン、ゲイ、スカトロ、獣姦《じゅうかん》、ムチにバイブにペニバン。

毎日届く下衆《げす》なDMの数々に桜田《さくらだ》さんが白い目で見てた。知ってました？

村上のやつ、桜田さん狙ってたんですよ。だからたまりませんでしたよ。

これが私の村上への復讐。

確かに小さすぎる、あまりにも小さすぎる復讐かもしれないけれど、およそ1か月の間に、小さなイライラが村上に大きくたまっていったのは確実でした。

矢島弁護士／法廷

一つ一つの復讐は小さい。でも、これらを笑っては見過ごせない。

なぜなら、この頃から、被告・五味美幸の雄星さんを思うが故の気持ちをコントロールが出来なくなっていったんです。

自分の過去と雄星さんを重ね合わせ、気持ちが加速していく。

そんな中で、被告の気持ちが、爆発、いや、破裂するようなことが起きました。

雄星／取調室

家の熱帯魚に餌あげに行ってこいって。

その日、村上に言われた仕事だったよ。

七海新が映画のロケで生意気にもニューヨークに行くから、だから代わりに部屋の熱帯魚に餌をあげてこいって。

分かるよね？　俺の気持ち。

一緒の夢見て頑張ってきた奴だよ。勝負してきた奴だよ。絶対負けたくない奴なわけ。なのにさ、俺より先に成功した友達の部屋に行ってさ、熱帯魚の餌をあげて帰る。なんでそんなことしなきゃいけねえんだよ！　って思ったよ。

でも拒否は出来なかった。

っていうか、見てみたい気持ちがあった。あいつの部屋をさ。

どんな家に住んでるんだろうって。確認したかったんだと思うんだ。

距離。


あいつの部屋に入ったらさ。今の俺の家の5倍の広さはあったんだ。

中目黒《なかめぐろ》の駅前のでっかいタワーマンションで。

30畳のリビングで。

これが距離だったんだ。

俺とあいつの今の距離感を一番分かりやすく感じさせられてさ。

熱帯魚の水槽見たらさ。俺の気持ちも知らずに青と黄色の色した熱帯魚が浮かれた感じで踊ってるように見えてさ。

餌あげる代わりに、水槽に唾《つば》吐いて帰ってきたんだ。

でも、そんなことした自分が余計に情けなくなって、今の俺全部が嫌いになった感じがしてさ。

やっぱ行かなきゃ良かったたって思ったよ。あいつとの距離なんか知るべきじゃなかったって思ったよ。

現実は厳しいとか言うけど、本当だね。

会社に帰ると、村上が言ってきたんだ。「おい、雄星。七海帰ってくるまで、毎日餌やりに行けよ」って。

俺、思わず言っちゃったんだ。

――俺じゃなくていいっしょ――

我慢し続けてきたけどさ、それだけは我慢できなくて、口からこぼれて出てきたんだ。言った瞬間、しまったって思ったけど、遅かったんだ。

俺のその言葉に村上、明らかにスイッチ入った顔でさ、俺の所にニヤニヤ近づいてきてさ、目の奥がギラギラしててさ。

お前が先に殴ったんだから俺も殴っていいんだよなみたいな目をしてさ。

言ってきたんだ。

――俺じゃなくていいって、じゃあ、お前じゃなきゃいけないことってなんだよ――って。

止まらなかったよ。その後も。俺を殴るように言ってきたよ。

――お前にしか出来ないことってなんだよ――

――今のお前に何があるんだよ。言ってみろよ――

――ないだろ？　ねえんだろ？　そんなもんねえんだよ！　気づけよ！　そこに気づけよ！――

――そうだよ。わざとだよ！　お前に餌をあげに行かせてるのわざとだよ！――

――お前に気づいてほしくてわざとやらせてるんだよ！――

――お前は人生の敗者なんだよ！　敗者だって気づかせてやるところから教えてやってるんだよ――

正論でした。

世の中で一番腹の立つ正論でした。

一言言われるごとに、内臓1個ずつ潰《つぶ》されてるような気がしてさ。泣けない。泣きたくなかったからさ。

だけどなんか言い返さなきゃ自分が壊れそうで。潰れそうでさ、俺言ったよ。

──俺、まだ負けてないっすよ。村上さんとは違いますから──

って。

数秒の間があったんだ。俺の言葉が村上の理性とプライドを蹴飛《けと》ばすまで。

村上、いきなり俺のキャスター椅子、思い切り蹴飛ばしたんだ。

部長もいたけど、関係なかった。周りの人もさ、止めることすら出来なかった。

もしかしたら止める気もなかったのかもしれないな。見たかったのかもしれない。

そのあと俺がどうなるのかって。

俳優目指して偉そうにしてた俺が、夢諦《あきら》めてその事務所でマネージャーやって、あきらかに惨めな人生描き始めた俺が、このあとどうなるのかって。残酷な好奇心ってやつかな。

村上はさ、俺の椅子だけじゃなくて、隣の椅子まで蹴飛ばしてさ、勢いつけたように言ってきたんだ。

──負けてんだよ‼──

──お前は今の時点で俺に負けてんだよ！──

──靴ナメろよ！──

──今すぐ俺の靴ナメろよ！　表じゃねえぞ！　靴の裏ナメろよ！──

──毎日履いてるこの靴の裏。色んな物踏んできたねえこの靴の裏ナメろよ！──

――お前の何倍この会社で頑張ってると思ってんだよ――
――俺がどんだけいろんなこと我慢して毎日外回り行ってると思ってんだよ――
――そのおかげでこの靴の裏、どんだけすり減ってると思ってんだよ――
――すり減ってきたねえ、この靴の裏、ナメろよ。ベロベロナメろよ――
――出来ねえなら俺社長に頼むから――
――俺が社長に頼んだらお前のことマジでクビにくらい出来るからよ――
――俺、お前クビにしろって本気で社長に言うからよ――
――マジのマジマジだからよ。どうすんだよ⁉――
――どうすんだよ⁉　負けてないんだろ？　俺と違うんだろ⁇――
――子供が生まれるんだろ？　どうすんだよ？――
――今のお前の人生に他の選択肢があんのかよ！　なあ、ナメろよ！――

美幸／手紙

やめて――――――――――――――――――――！
そう、心の中で叫びましたが届くわけもなく。
その瞬間、雄星さん、あなたは土下座しましたね。

土下座して、ナメましたね。村上の靴の裏。

汚いおっさんがタンや唾を吐き、犬が糞《くそ》をして、酔った大人がゲロを吐きまくる道。

その道を毎日歩いてきたにちがいない村上の靴の裏をあなたは目をつぶりながらナメました。

犬のように四つん這《ば》いになりながらナメました。

惨め。

憐《あわ》れ。

気の毒。

痛ましい。

あの時の雄星さん、あなたを私の文字日記の言葉で表現するなら。

残念。いや、惨念。

残酷、いや、惨酷《ざんこく》。

惨念で惨酷な雄星さんは、村上の靴の裏を吐くのをこらえながらナメていましたね。

涙袋がパンパンに膨れ上がって、今にも悔しさで泣きそうでしたね。

あの時の私みたいでした。

廊下にはられた43枚の写真を爪が剝《は》がれそうになりながら必死に剝がした時の私。

泣いたらダメだって。

泣いちゃダメだよ。

泣いたらダメだよ。

大丈夫だよ。

頑張ったね。泣かなかったね。雄星さん、泣かなかった。

靴の裏を一回ナメても村上は許してくれなくて、吐くのをこらえながらナメてた雄星さん、あなたは胃袋からこみあげてくるものを食道で止めることが出来ずに、嘔吐《おうと》。

村上の靴が雄星さんの吐瀉物《としゃぶつ》でまみれたね。

私だけ気づいてたよ。

右目から一滴だけ涙がこぼれてたね。吐瀉物がかかった靴の上にぶつかっていった。

一滴。一滴。ダメ、それ以上は泣いちゃダメって。

大丈夫だから。

あなたがやれなくても、私が出来る。

助けてあげるよ。

助けてあげる。

あなたをそこから助けてあげる！

だからね、あの時決めたんです。

あなたを助けてあげることに決めました。本当に。

矢島弁護士／法廷

被告・五味美幸は、この次の日、村上のパソコンにメールしました。

「私も雄星のことがムカついてたから、昨日の土下座は胸がスカッとしました」

村上はその晩、五味美幸を飲みに誘いました。

美幸／手紙

村上の顔の毛穴から今にも精子がダラダラと出てきそうなほど、あいつの性欲はみなぎっていました。

なんとなくそんな気はしていましたが、その通りでした。あいつの性癖は中国の纏《てん》足《そく》をした女性の足のように窮屈にネジ曲がっていました。

だって私のような女とやりたがっていたんですよ。ずっと。

何度も誘われました。飲みに。

私と飲みに行ったって会話にもならないのに。

目的は分かってます。
私がメールすると、すぐにあいつは乗ってきました。
飲みに行った。
会話もなく。
ただ酒を勧めて。私を酔わせて。私は酔ったフリをしました。
帰りはラブホテルのネオンが輝く裏通りを通りました。
まんまとです。
あいつは、私の腕をつかみ、連れ込んでいきました。ホテルに。
部屋に入るとあいつはシャワーも浴びずに私にしゃぶらせました。
私をナメました。しつこく。何度も。
私を感じさせたかったんでしょう。
私がどんな声を出すのか知りたかったんでしょう。
やはりあいつの性欲は纏足をした女性の足。
体は正直です。濡《ぬ》れなかった。全然。
全然濡れてない私のあそこに自分の唾《つば》をねっとり塗りまくりました。
パンに大量のマーガリンを塗りまくるように。
強引に私に挿入しました。

後ろから。
激しく腰を突き上げ何度も何度も。
私はね。気持ちよかった。
村上のセックスじゃないですよ。
この先のことを考えると。噴き出しそうでした。でも我慢しましたよ。
だって村上は全く気づいてないんですもん。
私のバッグの中でＩＣレコーダーが全ての音を録音してるって。

5 糞人《ふんじん》

矢島弁護士は証拠品となるICレコーダーを右手に持ち、美幸を見て確認した。美幸はうなずいた。だから矢島は再生ボタンを押した。

村上がICレコーダーの中で息を荒くして興奮している。

「気持ちいいのか？　叫べよ、もっと叫べ。もっとその声聞かせろよ」

村上の声に交差するように美幸の獣のような声が響く。

快楽によって生み出された声には聞こえないからか、傍聴席では耳を塞《ふさ》ぐ人も出始めた。

ICレコーダーからあふれ出るようなこもった音声が余計に生々しさを演出していた。

美幸の声は獣のようにただ叫んでいた。大きく。なるべく大きく。

雄星のために叫んだ。

矢島は再生を止めた。

矢島弁護士／法廷

翌日、被告はこの音声を添付し、メールで彼のパソコンに送りました。

「あなたにレイプされたので、この音声を元に訴えをおこします」

と書いて。

村上にとってはとんだ言いがかりです。でも、被告・五味美幸とこのようなセックスをしたという事実だけで、会社、いや社会での立場がとてつもなく悪くなることは明らかだった。

間違いなく人間性を疑われる。被告は全て分かっていた。

被告は村上に送ったメールの最後にこう書きました。

「これを公開されたくなかったら、今後、雄星さんの人生に関わるのをやめてください」

雄星／取調室

ある日突然だよ。

村上の奴、俺と目を合わせもしなくなった。多分、誰かが社長にチクって怒ってくれたんだよ！　きっと。やりすぎだって。

俺、靴ナメて、ゲロまで吐いてるんだからね。パワハラでしょ。絶対。

楽になったよ。かなり。

なんかさ、会社入ってからずっと感じてた思い。指にすんげー痛いささくれがあったのに、それがなくなったっていうかさ。それ以上だわ。

会社行く辛《つら》さ、減ったんだよね。

美幸／手紙

私はあの頃からだったでしょうか。雄星さん、あなたの代わりに村上に復讐《ふくしゅう》してる頃から。

あなたに特別な気持ちを持っているのが分かりました。絶対、恋はしないって決めてたんですけどね。二度と。

だけどね、自分の理想のタイプだから恋するわけじゃない。優しくされたから恋するわけじゃない。

恋の入り口なんか様々なんですね。ごめんなさい、恋と書きましたが、恋じゃないんです。

でも特別な気持ち。憐《あわ》れみを感じていたあなたの代わりに復讐をしているうちに、感じるようになったんです。

そうです。この言葉しかないんです。

愛感。

矢島弁護士／法廷

村上さんのイビりがなくなり、会社では雄星さんの笑顔が出るようになった。

被告・五味美幸は思います。「良かった」と。

自分の行動の結果、雄星さんの顔に笑顔が戻った。

しかし。

デスクにいた雄星さんが携帯で妻の写真を見た。臨月が近い妻の写真を。

見たこともない雄星さんの笑顔がそこにある。

その瞬間でした。被告の心の中で複雑な感情が芽生えました。

なんで？

なんでなの？

雄星さんのあの笑顔を取り戻したのは私なのに。なのに、なんで？　どうして？

雄星さんを支えているのは私なのに。

私の方が好きなのに。

あの人を本当に思っているのは私なのに。

被告の気持ちが暴走していきます。

美幸／手紙

ネットで簡単に買えました。タトゥーキット。

私は初心者フルセット3万9800円のを購入しました。

マシン2台に電源、フットペダル、ニードル、つまり針が種類ごとに全部で20本以上。

ご丁寧に自分でタトゥーを入れるためのハウトゥーDVDまでついててね。私は練習しました。タトゥー。

マシンを持ったときになんかしっくりくるんです。

そうです。ずっと置いていた書道の筆を持った気持ちです。

特に、魂込めて一文字ずつ書くってところは、書道と共通してるんですよ。

ペダルを踏むと、そこから電気が通って針がピストンするんです。

1秒に何百回ピストンしてるんだろう。

高速で上下にピストンしてる針を見てるとね、ナイフで好きな男をめった刺しにしてた女の映画の映像を思い出すんです。

いきなり体は怖いからね、ハムとか買って彫ってみたりしてね。

針を肉に入れると、肉を削り出す音が聞こえるんです。

小さな針先が肉を小さくえぐっていく。

歯医者でドリルが自分の歯茎を削り取るような音。

叫ぶような音。えぐり取られた肉の叫び声なのかもしれませんね。

1週間練習してね。

慣れてきたからね。

入れましたよ。彫りましたよ。

自分の左腕に。
何の文字にしようか考えました。自分の腕に自分で入れるタトゥー。
中学の時からずっとずっと書き続けた文字日記を全部見返しました。
どうせ彫るなら私の作り出した言葉にしようって。
いくつか候補を出しましたよ。

現実、ではなく、幻実。幻で終わるはずのものが実りをとげる。幻実。
挨拶《あいさつ》、ではなく、愛察。自分のことを愛してるかどうか察する。愛察。
気性、ではなく、鬼性。鬼のような性格、ではなく、性分。生まれながらの鬼。鬼性。
才能、ではなく、差異能。人の能力との違いと差を感じてしまう。差異能。
任俠《にんきょう》、ではなく、忍強。忍んで強くなる。忍強。
忍耐、ではなく、忍待。忍んで待つ。忍待。
感動、ではなく、勘動。勘違いで動き出してしまう悲しい行為。勘動。
拍手、ではなく、吐手《はくしゅ》。嘔吐《おうと》する時に喉《のど》に手を突っ込む行為。吐手。
どれもピンと来ない。
そんな中で、愛感は一番の候補でした。でも違ったんですよね。

今から自分が行うことを考えると、愛感なんて言葉は自分にも世の中にも優しすぎる。

ありましたよ。ぴったりの文字。復讐クリエーターである私にぴったりの二文字が。

私は自分の腕に彫りました。

右手でマシンを持ち、自分の左腕の肘《ひじ》と肩の間、ギリギリTシャツで隠れるところにね。

針が自分の腕に触れた瞬間ね。

痛み。というより、こそばゆい感じでね。

こそばゆさはすぐに終わる。

針が自分の肉を削ってえぐり出してね、えぐった肉の中に真っ黒な墨を入れ込んでいくとね。まだ固まってないかさぶたを無理矢理剝《は》がしたような痛みが脳に伝わってきたんです。

これです。

これなんです。

今の私にはこれが必要なんです。

人に痛みを与えようと思ったら自分が痛まなきゃ。

痛みに慣れはなくてね、痛みが大きくなっていってね。一度肉を削って墨を入れたところに斑《まだら》にならないように、もう一度、針を入れる。
削った肉の上をもう一度針で削る感じで。
親から貰《もら》ったこの体に入れるなら、ちゃんと入れなきゃねって。
体の肉を自分で削った痛みと交換に、手に入れました。
綺麗《きれい》に入りましたよ。
左腕に真っ黒な文字で。
――糞人《ふんじん》――

これで練習は終了。
タトゥーキットを鞄《かばん》に入れて、部屋を出ました。
ごめんなさい。
雄星さん。ごめんなさい。
でも、止まれなかったんです。
行くしかなかったんです。
雄星さんの奥さんのところに行くしかなかったんです。

矢島弁護士／法廷

雄星さんの妻、知子さんは部屋で1人昼食の準備をしていました。そこで部屋のインターホンが鳴ります。保険の勧誘だと言われて断りましたが、何度もしつこくインターホンを鳴らすので、話だけ聞いて断ろうと扉を開けました。

部屋の前には見たことのない女性が立っていた。被告でした。

被告は、知子さんを見ると、即座に右手に隠し持っていたナイフを喉元《のどもと》に突きつけ、知子さんを脅し部屋に侵入。

持ってきた手錠を知子さんの両手と両足にはめました。

そして、口にガムテープをはり、身動きできなくなった知子さんを、椅子に座らせました。ロープを出すと、知子さんの上半身と膝《ひざ》の部分を椅子に縛り付けるためにグルグルと巻きあげます。まるでハムのように。

知子さんは妊娠9か月と2週です。お腹だけにはロープを巻きませんでした。

知子さんはこれから自分はどうなってしまうのだろうと涙が止まりません。

被告は、椅子に縛り付けた知子さんのお腹をゆっくりなでると、マタニティードレスのお腹の部分をナイフで切り刻み、破ります。

大きく膨らんだお腹を出しました。

今にも弾《はじ》け割れそうなお腹を被告はなでました。

お腹に向かって伝えたそうです。「ちょっとだけ痛いかもしれないけど、我慢してね」と。

被告はここで、バッグからタトゥーマシンを出して、組み立てました。

電源を入れて、膝でフットペダルを押すと、タトゥーマシンが動きだします。

被告は右手で持った激しく動くタトゥーマシンをゆっくりと知子さんのお腹に近付けていきました。

そうです。知子さんのお腹に、妊娠9か月と2週のお腹にタトゥーを入れようとしたんです。

細かく上下にピストンするタトゥーマシンをお腹に近付けていくと、知子さんは、当然のことながら、泣いて叫び体を揺らしました。

針がちょっとずつお腹に近付いていきます。

針がお腹に触れそうになった瞬間です。

扉が開いて、入ってきました。雄星さんが。

椅子に縛り付けられ、妊娠しているお腹にタトゥーを入れられそうになっている妻を見て、雄星さんは、何が起きているか分からなかった。

ただ、出来たことは。被告のタトゥーマシンを持つ右手を握り、力ずくでマシンをはぎ取り、被告の顔を殴り、倒し、力の抜けた被告の上に馬乗りになり、殴りました。被告の顔を。「何してんだよ、てめー!」と叫びながら。

1発、2発、3発。

被告は口から血を流し、顔が腫《は》れていくのが分かりました。

雄星/取調室

めちゃくちゃに。もっとめちゃくちゃにしてやろうと思ったよ。

けどさ、うめき声。知子の。

縛られてる知子のうめき声。目から流れる涙見たらさ。俺が今一番にやることは、五味美幸をぶっとばすことよりも、知子をなんとかしなきゃいけないって。

急に冷静になれて。

警察に電話したらさ、あいつ何も抵抗せずに、捕まっていった。

良かったよ。良かった。無事に生まれて良かったよ。

子供に何もなくて良かった。

だけど、許せねえよ。絶対許せねえ。

裁判始まったらさ、あいつのことことん追い込んでくれよな。

だってよ、妊娠してる女の腹にタトゥー入れようとしたんだぞ!!

母子ともに無事だったから良かったって問題じゃねえぞ!

もしあそこでタトゥー入れられてたら、どうなってたか考えただけでさ。

俺、あいつ殺してえよ!

何年か刑務所行って出てくるとかじゃ許さねえからな。あいつ出てきて何するか分からねえ。

悪魔だよ! あいつは悪魔だよ!! 悪魔に取り憑《つ》かれた女なんだよ!!

ハッキリ言うけど、生きてる価値のねえ、クソ野郎なんだよ!!!

美幸／手紙

ごめんなさい、雄星さん。ごめんなさい。

私が知子さんのお腹にタトゥーを入れる直前に雄星さんが来たおかげでね。私は止まれました。

だからこう言うべきなんでしょうか。ありがとう。

矢島弁護士／法廷

被告・五味美幸の常軌を逸したと思われる行動。理解出来るでしょうか？

出来ない。そう考える人が多いかもしれません。

ですが、過去にイジメられ、悲しい人生を送ってきた被告が。

自分の人生に期待することをやめた被告が。

過去の自分に星野雄星さんの姿を重ねていくうちに、彼を助けたいという思いが芽生えた。

最初は情でした。情けです。

でも、その彼への情が恋愛感情に変化してしまった。

彼に対して自分が体を張って行動する。雄星さんの気持ちを楽にしてあげたい。村上のイビリから解放してあげたい。

無償の愛。

見返りを求めずに彼を助け、陰から愛するはずだった。

でも、実際生きていて、見返りを求めずに生きられる人なんかいるでしょうか⁇

好きな人が幸せだったらそれでいい！　と心では思っても、結果、自分を見てほしいという見返りを求めてしまう。

彼女の取った行動は、危険で許されない行為です。

しかし、彼女の気持ちは、誰の心にもある、彼を心から思ったことへの見返り……見返りを求めてしまった故の、行動なのです。

6 心実《しんじつ》

裁判が終わると、美幸は、矢島弁護士の目を見て深々と頭を下げた。去っていく直前、矢島を見た美幸の目は優しく投げかけているようだった。「もう大丈夫ですから」と。

矢島は裁判の途中から迷っていた。この法廷で自分が喋《しゃべ》っていることは全てではない。

おそらく真実ではない。

五味美幸とはそんな人間じゃない。

こんな人間じゃない。

五味美幸という人間の弁護につくうえで、五味美幸のことを調べ、交流を持ち、彼女のことが分かっていくうちに、様々な点が浮かんできた。

表に出ていることとは違う点が。でも、それを線に結び付ける証拠がない。

美幸が明かしてくれるしか。
五味美幸はそれをしなかった。
だから推論でしかなかった。おそらく真実であろう推論。
矢島はいつか筆を執り、書こうと思った。それを。
自分の思いを。自分が思う真実。幻実を。

矢島弁護士／手紙

今この手紙を書いている僕が、書いた後、すぐにあなたに送れているか分かりません。
書いてから何年も経っているかもしれない。
送ったとしても、あなたが読んでいないかもしれない。
もし今この手紙を読んでいるならば、知ってほしいことがあります。
あなたは全て目を通したと聞きました。五味美幸さんの裁判記録。
そこには書かれていない、私が思う真実。
これを推論というかもしれませんが。でも、限りなく真実に近いであろう推論。

五味美幸さんが星野雄星さんの妻、知子さんの部屋に行った日。タトゥーマシンがお腹に触れる直前で、雄星さんが入って来た。

知子さんは雄星さんにメールしていた。

「助けて」

体を椅子に縛り付けられている状態で。なぜか送れた。

知子さんはかろうじて動かすことの出来た右手でこっそりとメールを送ったと言っていた。

だけど違う。

知子さんも隠している。絶対に。

雄星さんに「助けて」と送ったメールは、知子さんの携帯で美幸さんが打ち、美幸さんが送ったものだと思うんです。

雄星さんに助けに来させるために。

では、なぜ。なぜ五味美幸さんはそんなことをしたのか。

美幸／手紙

雄星さんは知りたいですか？　真実。

私は真実よりも私の作った言葉、心実って言葉が好き。

心で願っていたことが実るから心実。

真実より夢がある。夢じゃないから真実って言うんですけどね。

人は真実を知りたがります。でも、真実を知ることが幸せなのか？

知らないほうが幸せに生きられることが沢山ある。

でも、私、書きますね。ここから。誰にも伝えることのなかったことを。

あの日のこと。

雄星さん、あなたのためだと思って。全て。

もしかしたら私が真実を書けた時に心実になる。私の心が実る。


熱帯魚の餌やり。

七海新の部屋の熱帯魚の餌やりは、2日目から雄星さんの代わりに私が行ったの、知ってましたか？

雄星さんの代わり、というか、本当は最初から私が行く予定だったんです。私の仕事。なのに当日になって村上が急にあなたに行かせると言い出したんです。

七海新もあなたが行くとは思わなかったでしょうね。

だって来られたら困ったはず。

もし部屋でも探られたら困る。あなたに知られたくないことがあったから。


餌をやりに行って、3日目。

七海新の部屋のリビングにね、誰か入った匂いがした。形跡があった。

机の上に手紙があったんです。


——新へ——

と書かれてハートが付いていた。

彼女の手紙だろう。多分。

いつもならそんな手紙に興味も湧かないのにね、なんかその手紙から磁力のようなものが出てるというか。

惹《ひ》きつけられてね。

好奇心? 違うな。

私の作った言葉で言うと、危険に抗《あらが》えない心。

抗危心。

抗えなかったですよ。止まらなかった。

封書なのにシールもノリも貼られてなかった。なんか開けずにいられなかった。水色の封筒の中から手紙を取り、読んでしまいました。
手紙にはこう書いてありました。
——ニューヨークの撮影はどうだったかな？　最後の検診行ってきたよ——
その手紙と一緒にね、付いていたんです。
エコー写真。
お腹の中で大きく育った胎児。
エコー写真の下には小さくローマ字で書かれていたんです。
——HOSHINO　TOMOKO——
手紙の最後の方に書かれていました。
——雄星にエコー写真見せたら喜んでいました——
——雄星は自分の子供だと思っているから安心して下さい——
——名前は新ちゃんが考えてね。新ちゃんの子供なんだから——
もう分かりましたよね？
雄星さん？
あなたの妻、知子さんが産んだ子は親友の七海新の子供なんですよ。
これが真実です。これを伝えることで私にとっては心実。
でも、これを知ったあなたは今、どんな気持ちですか？

矢島弁護士／手紙

雄星さんの妻、知子さんは雄星さんと付き合っているときから七海新とも付き合う関係にあった。

二股《ふたまた》の恋というやつです。

知子さんが本気だったのは七海新の方だったのでしょう。

だから七海新との間に子供が出来た。

でも彼は役者として売れ始めていた。結婚するわけにはいかない。

知子さんは産みたかった。

七海新の子供を。

だから、雄星さんに伝えた。雄星さんの子供が出来たと。嘘を。

雄星さんの子供を産みたいと。

そして雄星さんは結婚することを決めた。

自分の夢を諦《あきら》め、第二の人生を歩もうと。

美幸さんは、知ってしまったんです。真実を。

七海新の家に行き見てしまったんです。

だから。だから、美幸さんは決めたんです。

雄星さんの人生を狂わせている奴に復讐《ふくしゅう》をしようと。

雄星さんの代わりに。

美幸／手紙

私は久しぶりに筆を持つことを決めました。

筆といっても、タトゥーマシンのことです。

七海新の部屋の鍵《かぎ》はコピーしましたから。

七海新が帰ってくる日を狙いました。

文字日記を開いて選びに選びましたよ。

中学の時からずっと書き続けた文字日記ですから大量の文字があります。

ワクワクしました。

とっておきの文字を選ぶためにね。七海新の体に入れるための文字をね、文字日記を読み返して決めました。

とっておきの文字。そして入れる場所も。

今回はね、私の創作の文字よりもふさわしい文字があった。

だからそれにしたんです。

七海新がニューヨークから帰ってきた夜にね。家の前で張って待ってました。彼が帰ってくるのを。帰ってきてね、部屋の電気がつきます。

雄星さん、ごめんなさい。本当は雄星さんの復讐のためなのにね、自分の楽しみが超えてしまっていたかもしれません。

部屋の電気が消えるまでの間ね、また私の体に電気が走り始めてね。さすがに我慢しましたよ。漏らさないように。

リビングの電気が消えてね。寝るであろうタイミングを待ってね。コピーした鍵で部屋に侵入しましたよ。

熟睡。私が入ってきたことにも気づかずに。あいつは寝る時はブリーフなんですよ。紫色のビキニブリーフ。布団がはだけて見えていました。

笑い声が出そうでこらえるのに必死。

いよいよ始めます。

復讐です。

復讐クリエーター五味美幸の人生最大の復讐。

寝ている彼の喉元《のどもと》に出刃包丁を近づけました。

こういう時はナイフじゃだめ。狂気性がより出る出刃包丁ね。

凶器に狂気。

出刃包丁を近づけたまま、体を揺すりましたよ。

起こしました。

私と目が合ってね、喉元に包丁があることが分かるまで5秒。

なんだかんだで自分の状況を理解するまで30秒近くかかった。

大切なのは、自分の命が危険な状態にさらされていることを理解させること。

そこからあらかじめ全ての指示が書いてある紙を渡して、行動させました。

両手と両足に手錠をはめました。

ブリーフのまま起き上がらせてね。

椅子に座らせましたよ。

手首にかけた手錠と足にかけた手錠にもう一つずつ手錠をつなげて、それを椅子にカチャッと繋《つな》げてね。絶対に椅子から動けない状態。

もちろん猿ぐつわも。

これで準備完了です。

趣味の悪い紫色のビキニブリーフを脱がせましたよ。出させせましたよ。

七海新のあれ。

魔羅です。

あいつの魔羅を私の右手でしごきましたよ。悪魔の魔に羅漢の羅と書いてマラ。

脱がせた時にね、すでに半分勃起《ぼっき》してましたよ。恐怖のせいでしょうか。

すぐに大きくなりました。興奮してじゃなくね、恐怖ででしょうね。

恐怖に一滴の快楽があればあそこまで大きくなるんですね。

命の危険を感じると勃《た》つって言いますもんね。

あ、今、間違えました。大きくなったと言っても、日本人の勃起したものの平均が13センチだと見たことがあるので、七海新は平均以下。

安心しましたか？

平均以下で大きくなった魔羅をね、今度は靴ひもで亀頭《きとう》の真下をギュッと縛るんです。

なぜだか分かります？　亀頭にいきわたった血液が下に下りないようにね。

そしたらね、右ひざでタトゥーマシンのペダルを押しました。

もうお分かりですよね？　どこにタトゥーを入れるか？

亀頭です。

しかも亀頭の表側ね。

ここ、男性ってとてつもなく敏感なんですってね。爪で傷つけられたら絶叫するような痛さだって。

爪でそんなに痛いのにね、針です。タトゥーマシンのニードルです。

私のタトゥーマシンの針はね、12本の小さい細い針が束になって同時に動くの。

上下超高速で揺れるタトゥーマシンのニードル、12本の針の束を近づけたらね、七海新、全力で目を見開いて、なんか叫んでた。「やめろ」って言ったんでしょうね。

針が七海新の真っ赤な亀頭に近づいていってね。

尿道の穴の開いてるすぐ下にね、刺さった。

12本の針が刺さって、上がって、また刺さって。

えぐって。亀頭の肉を削って。

墨を入れ込んでいく。

私は人生で一番の力で文字を書きましたよ。気持ちよかった。

文字を書いていてこんなに気持ちよかったのは、中学の時にテレビの取材が来て書道をしたあの日、あの時以来だと思う。

七海新は猿ぐつわしたまま、気を失いそうな顔。人ってこんなに白目が多いんだってくらいに目をひんむいて白目を見せる。

汗ってこんなに出るんだ。

これぞ苦悶《くもん》。七海新の顔にそう書いてあった。

針が亀頭の粘膜の一番敏感なところをえぐり削り、墨を少しずつ入れ込んでいった。

気づいたら七海新は痛みで気を失っていた。

そして私は七海新の亀頭に彫り上げた。

書き上げた。私の渾身《こんしん》の二文字。

文字日記から選んだ二文字。

——巨根——

巨根と亀頭に入った巨根ではない魔羅が入るように、全裸の写真を撮影して、私が書いた手紙を置いて手錠を外して、帰りました。

手紙には、知子さんのお腹にいる子供が七海新の子供である事実を知ったということ。エコー写真のコピー。

そして、金輪際、知子さんに会うこともしないと約束すること。

もし約束を破ったら、撮影した巨根の全裸写真をネットにバラ撒《ま》くと。

矢島弁護士／手紙

美幸さんは、おそらく七海新の体にタトゥーを入れた翌日、知子さんの部屋に向かった。

雄星さんを裏切っていた知子さんの妊娠9か月のお腹にタトゥーを入れるため。

入れる直前で、雄星さんが部屋に入ってきて全てが終わった。

だけど、美幸さんは脅すだけで終わらすつもりだったんです。

椅子にロープで巻きつけた知子さんに伝えていたはずです。

自分が子供のことも全て、真実を知ったこと。

雄星さんの代わりに復讐《ふくしゅう》をしたこと。

金輪際、七海新と会わないこと。

そして。雄星さんと幸せな家庭を築くこと。

手紙でそれを全て伝えて約束させた。

タトゥーのマシンを動かしながら恐怖を植え付けた。

美幸さんはタトゥーのマシンを回し、知子さんのお腹に近づけた。

雄星さんが入ってくる気配を感じてからマシンを回した。

そして。自分で幕を引いた。

捕まることを分かって。


五味美幸さんは、雄星さんの妻、知子さんに嫉妬《しっと》なんかをしたわけじゃない。

星野雄星さんへの気持ちが、愛する気持ちが膨らんでいき、妻知子さんに嫉妬したからなんかじゃないんです。絶対に。

あんな行動を起こした理由は嫉妬なんかじゃない。

美幸さんが、雄星さんの代わりに復讐をした理由。

それは。

美幸／刑務所

愛。なんでしょうか。

愛。なんでしょう。

恋愛の愛ではなく。愛情の愛。

愛には変わらないのです。

あの日、私は音を失いました。
高校1年の時。
倒れたまま一週間意識を失い。
目が覚めると、何かが違った。
倒れる前と倒れた後。
何が違うのか分かった。
音が消えていた。
突発性難聴。
両耳の音が全て消えていました。

音が聞こえなくなると言葉を喋《しゃべ》れなくなるんだなんてその時に知りました。
声を出しているつもりでも、自分の耳に響かない。
喋ってるのかどうか分からない。
思った通りの言葉が出ているのか分からない。

神様は分かっていたんでしょうね。

全て。

だっておかしいじゃないですか。

全てがうまくいっていると思いませんか？

文字日記。

神様は私がこうなることを分かっていて、文字日記という趣味を与えてくれたんでしょうね。

神様は優しいのかな。

厳しいのかな。

どっちなんでしょう。

文字日記があって良かった。

文字のフォルム、文字が伝えてくれるイメージ。

ますます文字が好きになった。


耳が聞こえなくなり、医者でもう治ることはないかもしれない。

そう言われた日に、家で書いた文字はね。

―種類―

中学3年になってからの自分をずっと思い出してね、出てきた文字がこれでした。


人間には二種類いる。

自分の人生に期待していい人と、期待してはいけない人。

希望を捨てるな。

努力は裏切らない。

みんな、そう言います。

だけど、みんな薄く気づいてるはずです。

どれだけ努力したってうまくいかない人もいる。


蝉の寿命は成虫になってから10日ほど。

蛍《ほたる》も成虫になってから一週間から二週間しか生きられない。そのことを切ないと言う人もいますが、本当にそうなんでしょうか？

自分が蝉だったら、蛍だったらそう思うんでしょうか？

みんなそうだから、自分の運命に切なさを感じない。

人間にもね、種類があるんですよね。

自分の運命に期待していい種類。

期待して生きちゃいけない種類。

私は期待して生きちゃいけない種類なんだってね。

音を失った時にね、ようやく気づけました。

期待するから裏切られる。

その度に耳鳴りがして警告してくれてたのに私は気づかなかった。

神様が耳鳴りで警告してくれていたのにね、私は気づけなかった。

馬鹿です。


カタツムリはあんなに立派な目があるのに光を感じることくらいしか出来ないといわれています。

カタツムリを見た人間は思います。「さぞや目がいいのだろう」と。

だけど、カタツムリ自身はどうでしょう?

最初から目が見えないから、そんなことに期待してない。

音がなくなってね、自分の気持ちをしゃべることもなくなってね。
諦《あきら》めることが多くなったんです。
出来ることと出来ないことを分けるんじゃなくて。
出来ないことが普通で、出来ることを探すようになった。
期待しないで生きれば、傷つくこともない。
期待するから傷つくの。

矢島弁護士／手紙

期待することを完全に諦めた美幸さんの人生。でもそんな時に出会ったんです。
星野雄星さんと。
期待にあふれた人生の階段から下り始めたばかりの男。
人生の大きな選択肢が削られたばかりの男！
美幸さんは雄星さんを見ていると苦しかったんだと思います。
日々、人生から期待をそがれていくから。

美幸／手紙

雄星さん、申し訳ないんですけど、感じました。

この人も私と同じだ。

期待しちゃいけない人生なんだって思いました。

だから、私は自分を利用することによって、あなたの周りの邪魔者を整理してあげたいと思った。


村上の時は耳が聞こえないという自分を利用しました。

私自身を利用すればあいつの社会的信用を失わせることは簡単だって思った。あいつのネジ曲がった性欲はまんまと罠《わな》にハマったんです。

手助けです。あなたの。

あなたが気づけるまでの手助けだと思っていた。

期待しない種類のあなたが、「俺は期待しちゃいけない人生なんだ」って気づけるまでの手助けをしてあげたいと思ったんです。

それと同時に、自分の期待しちゃいけなかった人生に楽しみを見つけていただけなのかもしれませんけど。

矢島弁護士／手紙

このことを伝えたら美幸さんは否定するかもしれない。
けど、僕は思います。美幸さんは託していたんだと思います。
雄星さんに託したんだと思います。
自分の捨て去ったはずの気持ちを。
夢破れた親が自分の子供に夢を託すように。
自分が助けることで、雄星さんの人生が少しでも変わることが出来るならば。
また別の階段を上がることが出来るのならば。

人間は二種類に分けられているんじゃなくて。
運命によって決められているんじゃなくて。
自分の生き方次第で、未来は変わるんだって思いたかったんじゃないかと思います。
七海新にタトゥーを入れたのも。
タトゥーマシンを持ち知子さんの家に行ったのも。

自分が悪魔になることで、悪魔だと思われ全ての幕引きをすることで、知子さんの人生と七海新の人生の選択肢をせばめたんだと思います。

知子さんは、恐怖とトラウマを背負いながら、雄星さんを見て生きるしかない。

結果、雄星さんから見たら、知子さんと子供への更なる愛情が生まれることになる。

入り口はいびつかもしれないけれど、結果、幸せに変わる。

美幸／手紙

難しいですね。雄星さん。本音を書こうと思っていても気持ちが邪魔をします。

本音を書かなければいけないのに。

本音じゃなく、本根と書きましょうか。

私の根っこの部分。

本根。書く。


期待って残酷ですね。

何度潰《つぶ》しても心の中に生えてきます。

期待に何度裏切られても。

期待に何度泣かされても。

期待を何度殺しても心の中に生えてくる。

期待こそ病。

不治の病なんでしょうか。


先ほど、雄星さんの手助けと言いました。

期待しちゃいけない人生に気づけるまでの手助けと言いました。

ごめんなさい。

これだけ期待に裏切られてる自分が、まだ心の中で何かに期待してる自分がいると思われるのが恥ずかしくて。

これが本音ではなく、本根。


雄星さん。

私はあなたの人生に私の期待を乗せてしまいました。

すいませんでした。

私の希望を乗せてしまいすいませんでした。

雄星さん。

幸せですか？

あなたは今、幸せですか？

私がずっとあなたに対して思う気持ち。

これは何なのかと聞かれたら、やはり愛なんだと思います。

愛という字は、すり足でこっそり歩いて心を届ける。

少々奇形な愛ではございましたが。

私の勝手な愛を届けて、申し訳ございませんでした。

あなたの目から見えている今の風景が幸せならば、それが私にとっての幸せと言えるかもしれません。

これからの私はまた、ゆっくり生きます。

雄星さん。

愛してました。

いえ。

愛してます。

愛感。

五味美幸

矢島弁護士／手紙

美幸さんは何日もかけて書いた手紙を書き上げて、雄星さんに送ることなく破って捨てたそうです。

真実を知らせるべきでないと思ったのでしょう。

ただ、自分の人生を振り返って整理したかった。

結局、自分にとって今までの人生は何だったのだろう。

雄星さんは何だったのだろう。

愛って何なのか。

そして美幸さんが自分で答えを出したかったこと。

自分はこれからは期待して生きていいのか？

期待して生きてはいけないのか？

手紙を書いた時に答えは出なかったのかもしれない。

だけど。

だけど。

先週、面会に行ってきました。

刑務所にいる美幸さんに。

その時に。美幸さんが見せてくれました。

習字の半紙に書かれた「感謝」の文字。

それは美幸さんの字じゃなかった。

送り主の名前はなく、送られてきた。

美幸さんも、誰から来たのか分からないと言っていた。

感謝。

書道コンテストで多くの生徒が書いた言葉「感謝」。

中学の頃は馬鹿にしていた言葉。「感謝」が人生で初めて響いたそうです。

なぜならその言葉のおかげで。

期待。

出来たからです。

もしかしたら、その「感謝」は。あなたが書いて送ってくれた文字じゃないかと想像した。期待した。

僕もそう思っています。

美幸さんが産んだあなたが。

美幸さんが17歳の時に産んだあなたが。
産んでから美幸さんとはずっと離れて暮らしているあなたが。
娘であるあなたが送ってくれたものじゃないかって想像した。
期待した。
また。期待した。
美幸さんね、私が帰る前に見せてくれましたよ。
刑務所の中で書いた書道。
二文字。
そこには書いてありました。堂々とした文字で。
――顔晴《がんばる》――

解説「無欲であり強欲である」

山本文緒

この物語を初めて読んだのは、三年前、本書の単行本刊行時だ。その時の大きな衝撃と混乱は今でも忘れられない。

この作品はもともと戯曲用に書かれたもので、それを小説に仕立てたそうだ。それゆえ比較的シンプルな文章で仕上げられており、とても読みやすい。きっと本を読み慣れていない人でも苦労なく読み進めることができるだろう。

先の展開が気になることもあり、私は途中で本を置くことなく一気に読み終えた。そして、想像とは違った読後感に包まれ呆然《ぼうぜん》とした。ものすごく複雑な筋の、長い長い物語を読み終えたような気がしたのだ。

相当にシリアスな題材を扱っており、衝撃的な物語である。けれど、ただショッキングなだけではない。悲しみ、痛み、怒り、笑い、叫び、高尚さ、下劣さ、静けさ、温かさ、様々な要素がこの作品には複雑に入り組んでいた。読みやすいのに、受け取りやすいわけではなかった。

さらに驚いたのは、激流に翻弄《ほんろう》されるような物語であるのに、読了後、何故か大きな清涼感に包まれた。

どうしてだろう、と私は考え込んだ。

この物語の作者である鈴木おさむさんの奥様は、芸人の大島美幸さんである。何も私が改めて書かなくても本書を手に取った方のほとんどがそのことをご存じだと思う。そして本書のタイトルもずばり『美幸』である。誰しもが奥様の物語なのだろうと想像されると思うが、本書の主人公は大島美幸さんご本人ではなく、物語のために創作された架空の人物である。

鈴木おさむさんがこの物語を発想したのは、奥様から子供時代にあったいじめの経験を聞いたことがきっかけだったそうだ。鈴木さんはその話にとても心が動かされ、奥様の名前を使ったこの物語を書きはじめたという。

物語はまずこんなふうに始まる。

主人公・美幸が筆ペンで誰かに手紙をしたためている。雄星という名の男に何かを詫《わ》びている様子だ。

ほどなく雄星も語り始める。語り口や内容から、派手好きで自己顕示欲の強い男とわかる。彼は憤慨しており「美幸を許さない、あの糞女《くそおんな》！」と罵《ののし》っている。静かに筆を持つ美幸と対照的に、雄星は感情的だ。いったい美幸と雄星の間に何があったのだろうかと冒頭から緊張感に包まれる。

場面は法廷に移り、被告人席には美幸が立つ。

美幸の弁護にあたる矢島の弁論、聴取を受ける雄星、手紙により心中を打ち明ける美幸。三人の語りによって、美幸がそれまで送ってきた人生、そして引き起こした事件の詳細が明らかになっていく。

美幸の人生は中学三年生の時に大きく変わった。それは彼女が得意としていた書道によってだ。

その特技は運動神経のいい人や絵のうまい人のようにわかりやすい注目は集めないが、美幸は学校の書道大会で賞をもらうほど字がうまかった。しかしそれだけだったら彼女は地味なまま目立ちもせず、このあと悲劇に巻き込まれたりはしなかっただろう。

彼女には文字日記という変わった趣味があった。新聞や雑誌で気になった言葉や知らなかった言葉を書き留めるのだ。愛憎、不倫、絶頂、巨根、と美幸は興味深い漢字を見つけてはノートに書き込んでいた。そしてそれだけでは飽き足らなくなり、自分で造語を作るようになる。たとえば快い話だから「快話」、楽しく笑える人生で「楽笑」、顔が晴れると書いて「顔晴」。中学生の女の子の趣味としては一風変わってはいるが何だか面白い。

しかしその「顔晴」という造語を新聞社主催の書道コンテストに出し、優勝したところから彼女の人生が大きく狂ってしまった。それまでは教室の中で地味な存在だった美幸に突然脚光が当たった。

美幸は女友達の嫉妬《しっと》を買ってしまう。最初はほんのちょっとした嫌がらせから始まり、やがてそれがエスカレートして、クラス全員から壮絶ないじめにあってしまうのだ。

彼女は耐えて耐えて耐え抜く。何をされても、泣いたり怒ったりの反応を見せたら悪魔のような同級生達を喜ばすだけと思い、無表情で過ごす。大人には相談できず、地獄の日々だ。

そしてある日、美幸の感情が決壊する。ある出来事によって、彼女の心の中にふとこんな考えが沸き起こったのだ。

――私はなんのためにいじめられているんだろう。

自分は何か期待をされていじめられているのだと思っていたが、同級生達は彼女をとことん虐げながらも、実はそれほど彼女に期待してはいなかったとわかった。その瞬間、美幸は絶望の底に突き落とされる。

反撃することなどそれまで考えていなかった美幸が、ある方法で復讐《ふくしゅう》を成し遂げる。その衝撃に、皆は彼女を恐れ、一切触れてこなくなる。いじめはやんだが、彼女の心には大きな傷が残った。褒められないように、目立たなくてつまらない人間にならねば、人生に期待などしないと彼女は中学生で思ってしまう。

ここでまだ物語は序盤である。

そのあと、高校生になった彼女は何も期待しないと誓ったはずなのに恋をしてしまい、容赦のない裏切りにあって再び深く傷つく。

そして彼女は社会人になり、淡々と仕事に精を出す。しかし新たに事務所で働くことになった男性（これが雄星である）が、上司にいじめを受けているのを見て同情を寄せる。いや、同情という生易しい感情ではなく、雄星にかつていじめを受けた自分を重ね合わせ、上司を激しく憎みだす。その上司に、彼に代わってこっそり復讐をはじめるのだ。

この復讐というのが、笑いごとではないのかもしれないが、思わず吹き出してしまうユニークさなのだ。中学生の美幸が、漢字で造語を作っていたような、くすくす笑ってしまう面白さだ。

しかし、美幸は小さな悪戯《いたずら》のような復讐では飽き足らなくなり、だんだんとエスカレートしてゆく。それはまるで昔の同級生達がいじめを加速させていったのと同じような貪欲《どんよく》さだ。

やがて美幸の雄星に対する同情は愛情に変化し、ある事件を起こしてしまう。

美幸は自分の雄星に向ける愛情が、決して報われるものではないことを承知している。むしろ自分がしようとしていることを知られたら嫌われるということもわかっている。なのに、万全に準備をしてまであることを実行せずにはいられない。

無欲と強欲の間で、常に美幸は揺れる。

この小説が実は見かけほどシンプルなものではない、読みやすいがやすやすと飲み下せるものではない理由は、ここにあるのではないかと私は思った。

無欲と強欲、その相反するものは、ひとりの人間の中に共存する。

無欲とは美しいものなのか、強欲なのは醜いことなのか。第一それはそんな簡単に白黒つけられるものなのかどうか、この物語を読み進めるにつれ難しい問いが突きつけられる。

美幸には強欲であるとは言い切れない無垢《むく》で美しい心がある。では無欲か。無欲であればここまで苦しまなかったのではないか。では強欲か。問いと答えはぐるぐると同じところを回る。

私は日常生活の中で「もういい」とか「別にいい」という言葉をよく使う。面倒な問題に突き当たったり、不愉快になった時に使いがちだ。もういい、と言うと一瞬気持ちが楽になる。主張を捨てることによって厄介《やっかい》な事態から解放される錯覚《さっかく》を得るからだろう。けれど実際は、「もういい」「別にいい」と言う時ほど、本当はそうは思っていない。

美幸も、もういい、もう期待しない、と何度も誓っているが、いくら否定しても期待の小さな炎が消えることはない。

美幸の中には他にも相反するものが同居する。悲惨な状況の中で歯を食いしばって耐えるひたむきさがあるかと思うと、その状況を茶化すようなことを思いついて自分で自分を笑ってしまう面もある。きっと戦場であっても地獄であっても彼女は面白いことを思いついてしまうのだろう。もし彼女がユニークでなければそもそもいじめられはしなかったのだが、もし彼女にユーモアがなかったら、柔軟に生き抜く力もなかったのではないだろうか。彼女は死を考えない。発想しない。彼女は生きようとする。

復讐はよくない、復讐は何も生まない負の連鎖、というのは真実だろうと私は思う。だが、いじめられて生き地獄にいる人がそれを聞いて力が湧いてくるだろうか。人間には反抗する力がある。復讐でしか自分を立たせることができない場合もある。

しかし美幸が起こした事件は、本当に「復讐」であったのか、最後の章で読者に隠された真実が明らかになる。

読み手ひとりひとりの置かれた状況によってこの物語の見え方は違うだろう。

私には美幸が雄星に寄せた愛情は、必死で手繰り寄せた自己の肯定に見えた。人は自分を否定したままでは生きていけないと思うからだ。

最後のシーンのヒロインの表情は、鈴木さんのブログで拝見した、お子さんを抱いた大島美幸さんの輝かしい笑顔と重なった。それは私の考えすぎかもしれないが。

本書は二〇一四年一月に小社より刊行された単行本をもとに文庫化したものです。